Hedra edições ////////////// Coleção Mundo Indígena ////////////// Os comedores de terra ////////////// Yanomami ////////////// Pajés Parahiteri

CB026806

# Os comedores de terra

## Pitawarewë

*Ou o livro das transformações contadas
pelos Yanomami do grupo Parahiteri*

**edição brasileira©** Hedra 2022
**organização e tradução©** Anne Ballester

**coordenação da coleção** Luísa Valentini
**edição** Luisa Valentini e Jorge Sallum
**coedição** Suzana Salama
**assistência editorial** Paulo Henrique Pompermaier
**revisão** Luisa Valentini, Vicente Sampaio e Renier Silva
**capa** Lucas Kroëff

ISBN 978-65-89705-68-0
**conselho editorial** Adriano Scatolin,
Antonio Valverde,
Caio Gagliardi,
Jorge Sallum,
Ricardo Valle,
Tales Ab'Saber,
Tâmis Parron

*Grafia atualizada segundo o Acordo Ortográfico da Língua Portuguesa de 1990, em vigor no Brasil desde 2009.*

*Direitos reservados em língua portuguesa somente para o Brasil*

EDITORA HEDRA LTDA.
Av. São Luís, 187, Piso 3, Loja 8 (Galeria Metrópole)
01046–912 São Paulo SP Brasil
Telefone/Fax +55 11 3097 8304
editora@hedra.com.br

www.hedra.com.br

Foi feito o depósito legal.

# Os comedores de terra

*Pitawarewë*

*Ou o livro das transformações contadas pelos Yanomami do grupo Parahiteri*

Anne Ballester (*organização e tradução*)

2ª edição

São Paulo   2022

**Os comedores de terra** apresenta histórias como o surgimento da maniva, a mandioca. E o dilúvio no qual Omawë — irmão de Horonami, grande pajé que surgiu dele mesmo e junto com as florestas —, está envolvido e que deu origem aos brancos, os *napë*. *Os comedores de terra* faz parte do segmento Yanomami da coleção Mundo indígena — com *O surgimento da noite*, *A árvore dos cantos* e *Os comedores de terra* —, que reúne quatro cadernos de histórias dos povos Yanomami, contadas pelo grupo Parahiteri. Trata-se da origem do mundo de acordo com os saberes deste povo, explicando como, aos poucos, ele veio a ser como é hoje.

**Anne Ballester** foi coordenadora da ONG Rios Profundos e conviveu vinte anos junto aos Yanomami do rio Marauiá. Trabalhou como professora na área amazônica, e atuou como mediadora e intérprete em diversos *xapono* do rio Marauiá — onde também coordenou um programa educativo. Dedicou-se à difusão da escola diferenciada nos *xapono* da região, como à formação de professores Yanomami, em parceria com a CCPY Roraima, incorporada atualmente ao Instituto Socioambiental (ISA). Ajudou a organizar cartilhas monolíngues e bilíngues para as escolas Yanomami, a fim de que os professores pudessem trabalhar em sua língua materna. Trabalhou na formação política e criação da Associação Kurikama Yanomami do Marauiá, e participou da elaboração do Plano de Gestão Territorial e Ambiental (PGTA), organizado pela Hutukara Associação Yanomami e o ISA.

**Mundo Indígena** reúne materiais produzidos com pensadores de diferentes povos indígenas e pessoas que pesquisam, trabalham ou lutam pela garantia de seus direitos. Os livros foram feitos para serem utilizados pelas comunidades envolvidas na sua produção, e por isso uma parte significativa das obras é bilíngue. Esperamos divulgar a imensa diversidade linguística dos povos indígenas no Brasil, que compreende mais de 150 línguas pertencentes a mais de trinta famílias linguísticas.

# Sumário

Apresentação . . . . . . . . . . . . . . . . . . . . . . . . . . . . . . . . . . . 9

Como foi feito este livro . . . . . . . . . . . . . . . . . . . . . . . . 11

Para ler as palavras yanomami . . . . . . . . . . . . . . . . . . 15

OS COMEDORES DE TERRA . . . . . . . . . . . . . . . . . . 17

Os comedores de terra . . . . . . . . . . . . . . . . . . . . . . . . . 19

Pitawarewë . . . . . . . . . . . . . . . . . . . . . . . . . . . . . . . . . . . 23

A vingança de Horonami . . . . . . . . . . . . . . . . . . . . . . . 27

Horonami a no yuo . . . . . . . . . . . . . . . . . . . . . . . . . . . . 31

Como morreu o monstro Kuku . . . . . . . . . . . . . . . . . . 35

Kuku na . . . . . . . . . . . . . . . . . . . . . . . . . . . . . . . . . . . . . . 39

Omawë . . . . . . . . . . . . . . . . . . . . . . . . . . . . . . . . . . . . . . . 43

Omawë . . . . . . . . . . . . . . . . . . . . . . . . . . . . . . . . . . . . . . . 45

O surgimento da maniva . . . . . . . . . . . . . . . . . . . . . . . 47

Naxi si të ã . . . . . . . . . . . . . . . . . . . . . . . . . . . . . . . . . . . 51

O dilúvio . . . . . . . . . . . . . . . . . . . . . . . . . . . . . . . . . . . . . 55

Yanomami pë rë kuprarionowei . . . . . . . . . . . . . . . . . 61

O surgimento da primeira mulher . . . . . . . . . . . . . . . 69

Suwë a kuprou rë hapamonowei . . . . . . . . . . . . . . . . 73

# Apresentação

Este livro reúne histórias contadas por pajés yanomami do rio Demini sobre os tempos antigos, quando seres que hoje são animais e espíritos eram gente como os Yanomami de hoje. Estas histórias contam como o mundo veio a ser como ele é agora.

Trata-se de um saber sobre a origem do mundo e dos conhecimentos dos Yanomami que as pessoas aprendem e amadurecem ao longo da vida, por isto este é um livro para adultos. As crianças yanomami também conhecem estas histórias, mas sugerimos que os pais das crianças de outros lugares as leiam antes de compartilhá-las com seus filhos.

# Como foi feito este livro

ANNE BALLESTER SOARES

Os Yanomami habitam uma grande extensão da floresta amazônica, que cobre parte dos estados de Roraima e do Amazonas, e também uma parte da Venezuela. Sua população está estimada em 35 mil pessoas, que falam quatro línguas diferentes, todas pertencentes a um pequeno tronco linguístico isolado. Essas línguas são chamadas yanomae, ninam, sanuma e xamatari.

As comunidades de onde veio este livro são falantes da língua xamatari ocidental, e ficam no município de Barcelos, no estado do Amazonas, na região conhecida como Médio Rio Negro, em torno do rio Demini.

## DA TRANSCRIÇÃO À TRADUÇÃO

Em 2008, as comunidades Ajuricaba, do rio Demini, Komixipɨwei, do rio Jutaí, e Cachoeira Aracá, do rio Aracá — todas situadas no município de Barcelos, estado do Amazonas — decidiram gravar e transcrever todas as histórias contadas por seus pajés. Elas conseguiram fazer essas gravações e transcrições com o apoio do Prêmio Culturas Indígenas de 2008, promovido pelo Ministério da Cultura e pela Associação Guarani Tenonde Porã.

No mês de junho de 2009, o pajé Moraes, da comunidade de Komixipɨwei, contou todas as histórias, auxiliado pelos pajés Mauricio, Romário e Lauro. Os professores yanomami Tancredo e Maciel, da comunidade de Ajuricaba, ajudaram nas viagens entre Ajuricaba e Barcelos durante a realização do projeto. Depois, no mês de julho, Tancredo e outro professor, Simão, me ajudaram a fazer a transcrição das gravações, e Tancredo e Carlos, professores respectivamente de ajuricaba e komixipɨwei, me ajudaram a fazer uma primeira tradução para a língua portuguesa.

Fomos melhorando essa tradução com a ajuda de muita gente: Otávio Ironasiteri, que é professor yanomami na comunidade Bicho-Açu, no rio Marauiá, o linguista Henri Ramirez, e minha amiga Ieda Akselrude de Seixas. Esse trabalho deu origem ao livro *Nohi patama Parahiteri pë rë kuonowei të ã* — *História mitológica do grupo Parahiteri*, editado em 2010 para circulação nas aldeias yanomami do Amazonas onde se fala o xamatari, especialmente os rios Demini, Padauiri e Marauiá. Para quem quer conhecer melhor a língua xamatari, recomendamos os trabalhos de Henri Ramirez e o *Diccionario enciclopedico de la lengua yãnomãmi*, de Jacques Lizot.

A PUBLICAÇÃO

Em 2013, a editora Hedra propôs a essas mesmas comunidades e a mim que fizéssemos uma reedição dos textos, retraduzindo, anotando e ordenando assim narrativas para apresentar essas histórias para adultos e para crianças de todo o Brasil. Assim, o livro original deu origem a diversos livros com as muitas histórias contadas pelos pajés yanomami. E com a ajuda do PROAC, programa de apoio da SECULT–SP e da antropóloga Luísa Valentini, que organiza a série Mundo Indígena, publicamos agora uma versão bilíngue das principais narrativas coletadas, com o digno propósito de fazer circular um livro que seja, ao mesmo tempo, de uso dos yanomami e dos *napë* — como eles nos chamam.

Este livro, assim como o volume do qual ele se origina, é dedicado com afeto à memória de nosso amigo, o indigenista e antropólogo Luis Fernando Pereira, que trabalhou muito com as comunidades yanomami do Demini.

# Para ler as palavras yanomami

Foi adotada neste livro a ortografia elaborada pelo linguista Henri Ramirez, que é a mais utilizada no Brasil e, em particular, nos programas de alfabetização de comunidades yanomami. Para ter ideia dos sons, indicamos abaixo.

| | |
|---|---|
| /ɨ/ | vogal alta, emitida do céu da boca, próximo a *i* e *u* |
| /ë/ | vogal entre o *e* e o *o* do português |
| /w/ | *u* curto, como em *língua* |
| /y/ | *i* curto, como em *Mário* |
| /e/ | vogal *e*, como em português |
| /o/ | *o*, como em português |
| /u/ | *u*, como em português |
| /i/ | *i*, como em português |
| /a/ | *a*, como em português |
| /p/ | como *p* ou *b* em português |
| /t/ | como *t* ou *d* em português |
| /k/ | como *c* de *casa* |
| /h/ | como o *rr* em *carro*, aspirado e suave |
| /x/ | como *x* em *xaxim* |
| /s/ | como *s* em *sapo* |
| /m/ | como *m* em *mamãe* |
| /n/ | como *n* em *nada* |
| /r/ | como *r* em *puro* |

# Os comedores de terra

# Os comedores de terra

Esta é a história dos nossos antepassados que aos poucos se multiplicaram. Ela começa na época em que não havia Yanomami como os de hoje. Os comedores de terra sofriam, porque eles comiam terra. Os primeiros que surgiram sofreram. Nós também quase que teríamos sofrido, como as minhocas, por cavar a terra e tomar vinho de barro, se não fossem os acontecimentos que seguem.

Só havia os comedores de terra. Eles não conheciam os alimentos que hoje nos alimentam, apesar de serem muitos, como ingá, maparajuba, conori. Havia cabari, bacaba, mas eles não sabiam tomar vinho de bacaba; tomavam vinho de barro e de flores, depois de cortá-las lá em cima, eles tomavam vinho delas. Devoravam as embaúbas novas, e as chamavam de comida. Se nossos antepassados tivessem surgido nessa época, nós estaríamos sofrendo hoje.

Quem descobriu os alimentos comestíveis? Morava com eles Horonami, aquele cujo nome aparece no início, na origem. Ele mostrou a todos os alimentos que até hoje nós comemos. Depois de perguntar, experimentar e carregar os alimentos por todos os cantos, ele ensinou os Comedores de Terra a comê-los. Foi ele, Horonami, não outro. Assim foi.

Tudo isso não aconteceu embaixo deste céu, mas do céu que caiu[1] e amassou os primeiros habitantes. Abriram o céu e assim nossos antepassados surgiram. O céu caiu, mas antes ele estava lá em cima, antes da existência dos nossos antepassados, antes de algum *napë*,[2] entre nós, perguntar assim:

— Tudo bem?

Eles morriam de fome, pois comiam terra, flores, frutas, excrementos de minhoca, folhas novas de cabari. É essa a história dos ancestrais. Os ancestrais no início não comiam os alimentos que comemos hoje. Eles comiam a pasta que se forma nas árvores junto às casas de cupim. Dizem que a comiam com voracidade. Apesar de só comerem isso, não ficavam doentes, pois não existia malária, e não precisavam curar ninguém, pois não havia doença, não havia dor, nem tosse, portanto não havia necessidade de remédio — não havia doença, pois não havia *napë*. Viviam bem, sem doenças, até terem muitos cabelos brancos. As mulheres ficavam velhas até terem a cabeça branca, pois não havia doença.

Era assim, no início: não sofriam com conjuntivite, nem com feridas, nem tinham marcas de furúnculo. Tinham a pele bonita e somente sofriam de fome, por causa da terra que comiam. Apoiavam-se em paus para andar, por causa da fome. Assim era. Nessa época, não sabiam comer carne, mas eles estavam bem e, quando um velho morria, ninguém chorava. Não choravam por causa de um velho morrendo de doença, pois ninguém morria de

1. Queda do céu: Referência à história sobre a queda do céu anterior ao que existe hoje, contada no volume desta mesma série, *O surgimento dos pássaros*.
2. O termo *napë* designa os estrangeiros, em geral os brancos, ou quem adotou seus costumes.

doença. Nem havia cobra para picar, dar dor e matar. Eles viviam bem. Os espíritos não pegavam a alma de ninguém para matar. Era assim. Eles não ficavam fracos com diarreia, isso não acontecia, apesar de eles não tomarem remédios.

Era assim quando não existia *napë*, antes de os *napë* se misturarem; nessa época, os *napë* existiam? Sabemos que não! Não existiam.

Os rios, apesar de serem grandes, dizem que eram vazios. Dizem que não se escutava o som de motor subindo o rio fazendo *tu, tu, tu, tu, tu, tu*!

*Ũ, ũ, ũ, ũ, ũ*! Não se escutava o som do avião, por isso os velhos não morriam de doença. Morriam de cegueira. Era assim que morriam, por causa da cegueira. Tornavam-se cegos e a respiração parava, não por causa de doença, mas de fome. Isso só aconteceria depois. Aconteceu assim.

Ninguém dizia:

— Alguém lá pegou doença e morreu; eles estão chorando lá!

Mesmo quando tinham cabelos brancos, eles andavam saudáveis. Morriam de velhice. Ficavam cegos, os olhos secavam, o sangue acabava, por isso morriam. Mandavam deixar os mortos fora do *xapono*,[3] para que voltassem como mortos-vivos. Retornavam sempre na forma de mortos-vivos, quando não havia *napë* entre eles. Os ancestrais ficavam alegres por comer frutas, não era como agora. Quando comeram carne, eles endoideceram e passaram mal. Não havia fogo e comiam cru. Endoideceram por comer cru.

---

3. Os *xapono* são as casas coletivas circulares onde moram os Yanomami. Cada casa corresponde a uma comunidade; em geral não se fazem duas casas numa mesma localidade.

Depois de eles aprenderem a comer os verdadeiros alimentos, eles se tornaram como nós. Tornaram-se assim, comendo carne cozida. Quando aconteceu, as crianças se multiplicaram, saudáveis, em um e outro *xapono*. Fizeram um grande *xapono*, outros se agruparam, e não pararam de se multiplicar, todos saudáveis.

# Pitawarewë

YANOMAMɨ të yai përɨo mao tëhë, të pë rë përɨonowei të pënɨ kamiyë pëma kɨ no patama rë wawërayonowei të ã xĩro. Pitawarewë pë kãi kua. Pita a rë wanowehei, të pë rë no preaanowei, të kãi kua. Hapa, pata pë rë kuonowei, ĩhamɨ pë rë harayonowei, hapa pë no preaama. Hei pëma a ha tɨɨanɨ, pëma u kɨ mori rë koanowei, horema kurenaha pëma kɨ no mori preaaɨ kuoma. Pitawarewëteri, pë hiraoma kãi. Kama xĩro. Nii a taɨ maohe tëhë, ĩhɨ hei nii pruka a kua makure, kẽpo ũ kua makure, naɨ a kua makure, momo a kua makure, të pë mohoti yaro. Wapu a kua makure, hoko ma makui, mau kãi koaɨ taono rë mahei, hei a xĩro rë hurukuaɨnowehei.

Horehore a ha të pë ha përahenɨ, horehore u hurukuamahe, kihi tokori kɨ tuku rë xɨrɨkɨi, pë kãi wëhërɨmamahe, nii a wãha rë hiranowehei, ĩhɨ tëhë kamiyë iha pëma kɨ no patama pëtou ha kunoha, pëma kɨ no preaaɨ. Ĩhɨ wetinɨ nii a yai waɨ rë tararenowei, kamanɨ pë kãi rë përɨonowei hapa a wãha kua waikia. Ĩhɨnɨ nii a wahɨmaɨ piyëkoma. Hapa a wãha rë kure, miha a wãha komosi rë prare. Ĩhɨnɨ nii a rë wamaɨwei pëma a wapë, a ha wãriapotunɨ, kamanɨ a waɨ ha wapërënɨ, a rë yehinowei, kama Pitawapëteri pë iha, a waɨ rë hirakenowei, ĩhɨ a wãha kua. Hapa a wãha kua kure, Horonamɨ. Ai tënɨ mai! Ɨnaha të kuoma.

Hei a rë kui, hapa yai, të pë rii hirao tëhë, hei a ha kerɨnɨ, të pë rii xëye hërima. Ɨhɨ ei a hamɨ, të pë rë pakakumanowei, të kuami. Hei a rë kõhomope hamɨ, të kuami. Ei a rë kui, a rë tuyënowehei, hei a hamɨ kamiyë pëma kɨ no patama pëtopë hei a kerayoma. A kerayoma, hei a rë kui, kihamɨ a kuo parɨoma hapa. Kamiyë pëma kɨ mao tëhë, napë pë mao tëhë, ai napë:

— Wa totihiwë? — të pë kuɨ nikereo mao tëhë, napë a kunomi.

Ohinɨ të pë rë nomanowei, a rë ixomanowehei, pita pë waɨhe yaro, horehore pë waɨhe yaro, himohimo pë waɨhe yaro, horema xi u pë pata koaɨhe yaro, wapu huhi hena pë pata tukunɨ, pë rë nomanowei, pë no rë preaanowei, ĩhɨ ei të ã hamɨ, pata të ã, hei të ã. Pata të pënɨ nii a wãha waɨ haɨonomihe.

Parɨwa të pë yainɨ nii a wãha wanomihe. Hei të wãha wamahe, ĩhɨ të wãha xĩro wamahe. Ɨnaha të pë wãha kuaama. Yupu uxi pë urihi hamɨ, uxi pë rë yërëkëi, uxi pë ha hoyoahenɨ, uxi pë wãha wëhërɨmamahe. Hapa ĩhɨ nii a waimi makuhei, të pë kãi hurapɨonomi, hura a wayu kuonomi yaro, ai të ha përɨnɨ, të pë nohi kãi rëayonomi, ai të ha ninirɨnɨ, të kãi niniri kuonomi, tokomi a ha pëtarunɨ, õho! Të kãi kunomi, he horomamotima napë a kuo mao tëhë, xawara a kuonomi yaro. Totihitawë hei kurenaha të pë ha patanɨ, pëi mai të pë ha patanɨ, të pë he horoi kãi rë xaionowei, hapa të pë kuoma. Të pë rë patayomai të pënɨ hawë horoi pë pata taapraramahe, të pë pëimi yaro.

Ai të ha mamoripɨrɨnɨ të mamo krihipɨ no preaanomi, të ha warapisirɨnɨ, të kãi warapisi hunomi. Të pë ha yuupɨanɨ, të pë yuupɨ unosi kãi hunomi. Totihitawë si kɨ kopehewë, ohi a wayu ha pita a ha, të pë no preaaɨ tahiaoma. Ohi pënɨ të pë wãha payihoma. Ɨnaha të kuoma. Yaro a kãi waɨ tao maohe tëhë. Ɨhɨ tëhë të pë totihitaa makure, hapa pata ai të ha nomarɨni, xomi xawaranɨ të pë kãi ĩkɨɨ taonomi. Ɨkɨnomi. Ai të ha ninirɨni, kiha të ha tuyërarɨni, të ha nomaruhurunɨ, të kãi kuaanomi yaro. Totihitawë të pë hiraoma. Hekura pë kãi ixonomi, hekura pë makui, të pë mɨ amo ha no uhutipɨ ha yuahenɨ, të pë kãi xëpranomihe, ĩnaha të kuoma. Hapa krii, ai të pë ha kriiprarunɨ, të ëpëhëwë no kãi preaanomi, të pë kuaaɨ taonomi, he horomamorewë kɨ koaimi makuhei.

Napë a përɨo mao tëhë, napë pë nikereo mao tëhë, ĩhɨ tëhë. Ɨhɨ tëhë napë pë pruka hiraoma tao! Pë puhi kuɨ mai! Napë pë përɨonomi ha tarei, hapa napë a kuonomi.

Pata u kɨ makui, u pë hõra prokeoma. *Tu, tu, tu, tu, tu, tu, tu, tu!* Ai të mɨ yamou ha kuikunɨ, ai të hõra kuɨ hirionomi.

*Ũ, ũ, ũ, ũ, ũ!* Hei ai të ã kãi hirio mao tëhë, hõra kuonomi, kuwë yaro, xawaranɨ, të pë rohote ha nomanɨ, të pë no preaanomi. Kama të pë hupërɨni, kama të pë hupërɨ ha rasio hërɨnɨ, ĩnaha xĩro. Kama të pë hupërɨ, mixiã kɨ hawëoproma. Xawaranɨ mai! Ohinɨ. Kama të pë xomi wãha nomama, hei të rë kure hamɨ, waiha të kuprarioma. Ɨnaha të kuprarioma. Hei kurenaha:

— Ai të ha përɨnɨ, të nomarayou. Kiha ai të pë ĩkɨtayou — të pë kunomi.

Të pë henakɨ au makui, të pë huma temɨ. Ɨhɨ hapa të rë kuprarionowei, a rohote nomarayoma, yërëariyoma. A hupërɨprarioma yaro, a krihipɨrayoma yaro, ĩyë pë kãi maprarioma yaro, të rë kuprore tënɨ, të hesi kekei. Kiha të tape kiriohe. Të ha tapa kɨrihenɨ, hei kurenaha të pë hõra kõoma. No porepɨ të pë kõo parioma, napë a rë kuɨ a nikereonomi.

Të pë ã toprarotima, nii a waɨ ha tararɨhenɨ, të pë ã topraroma, kete a wamahe, ĩnaha të pë kuaanomi makui, Yaroriwë pë wamahe, të pë xi wãrima, wãrii no preoma.

Kaɨ wakë kuonomi yaro. Riyë të pë wamahe. yëɨ̃yë të pënɨ të pë xi wãrima.

Ɨhɨ kete a waɨ ha tararɨhenɨ, hei kurenaha, të pë kuprarioma. Yaro rɨpɨ pë kãi waaremahe yaro. Rë kuprore tëhë, heinaxomi, të pë pararayoma, temɨ, të pë parama, ai nahi ha të pë kãi parama, ai nahi ha të pë kãi parama, ai të pë kãi parama, yahi pata a tamahe, pata ai të pë hiraoma, mahu, hei mahu xapono hamɨ të pë pata otima, temɨ.

# A vingança de Horonami

O NDE o sol se põe, naquela parte da floresta, foi naquela parte que se transformaram. Os Cuatás viviam como Yanomami. Eles são gente. Moravam como nós, na planície. Pica-Pau Vermelho morava junto com os Cuatás, os Rapoahiteri e Lagartixa. Pica-Pau Vermelho e Lagartixa, os salvadores de Horonami, moravam com os Rapoahiteri. Horonami os encontrou, ele mesmo. Ele os viu comendo. Eles comiam abios. Eles o chamaram, ardilosamente, para subir; provocaram o encontro para fazê-lo gritar.

Horonami subiu, eles o fizeram subir, subir... Eles o chamaram e quando ele subiu e chegou bem no centro da árvore, em vez de comer, eles puxaram outra árvore, como se estivesse amarrada, e enquanto desciam por ela, disseram a Horonami:

— Fique aí comendo! Aí você ficará satisfeito! Coma essas frutas que ninguém pegou! — disseram eles.

Eles fizeram com que Horonami ficasse ali. Cuatá, do abieiro onde estava, puxou a árvore taxizeiro com o fio esticado e a ponta mal encaixada, segurando-a somente pelas folhas. Todos os Cuatás saíram, e aquele que eles tinham chamado ficou sozinho. Eles o deixaram preso no abieiro. O taxizeiro deu um impulso. Ficou só o abieiro.

Horonami ficou agoniado, mesmo sendo Horonami. Ficou gritando de cima, ficou gritando, ficou preso lá. Quem iria buscá-lo?

— Quem virá me buscar? — pensava ele, chorando.

Agoniado, estava muito triste, gritava e pedia socorro; os Rapoahiteri e os Cuatás o deixaram naquela situação. Esse é o nome dos primeiros habitantes, os que viviam na mesma época que os primeiros humanos, Rapoahiteri. Foram eles que o deixaram ali agoniado.

Bem depois, Lagartixa escutou os gritos de Horonamɨ. Lagartixa subiu, para fazê-lo descer, queria buscá-lo, queria carregá-lo nas suas costas, mas ele recusou, receando escorregar com ele. Horonamɨ estava com medo de descer de cabeça para baixo com Lagartixa.

— Não, você não vai me fazer descer direito — disse Horonamɨ. — Você vai me fazer cair!

— Vamos tentar! — disse Lagartixa. — Não tenha medo, eu não vou te fazer cair! Eu te seguro bem forte! Coloque suas mãos, assim!

Apesar de Lagartixa dizer isso, Horonamɨ tentou, mas os dois ficaram de cabeça para baixo. Ele gritava, quase caiu de cima, Lagartixa quase o fez cair e, como não dava certo, Horonamɨ desistiu. Quando ele desistiu, porque infelizmente não dava certo, Pica-Pau Vermelho escutou a voz de Horonamɨ:

— De quem é essa voz, de quem é essa voz? Parece a voz de alguém em dificuldade — disse. — Alguém parece estar sofrendo mesmo, a voz, qual é seu problema, ɨɨ? — disse.

O Pica-Pau Vermelho chegou até lá e fez uma série de buracos, fez uma espécie de escada no tronco da árvore. Ele fez a linha de buracos chegar certinho à forquilha da árvore onde estava Horonamɨ. Ele mandou:

— Vai! Coloque suas mãos nos buracos e desça. Você não vai cair! Os buracos estão prontos! — disse.

Ele fez muitos buracos, Pica-Pau Vermelho. Foi ele quem resolveu o problema. Esses pica-paus são os que fazem buracos nas árvores. Foi ele quem fez Horonamɨ descer, tirando-o daquela situação. É o nome dele mesmo, Pica-Pau Vermelho, ele era gente. Graças à ação dele, os nossos antepassados se reproduziram e se multiplicaram. Foi assim. Pica-Pau Vermelho não era um animal, era um Yanomami. Ele existia como Yanomami e foi ele que fez Horonamɨ descer.

— Não responda mais, nem sempre você encontrará alguém para te ajudar, tome outro rumo quando alguém te chamar! — ele aconselhou a Horonamɨ.

— Sim, você é meu amigo, eu gosto mesmo de você, vou te proteger, eu não vou te fazer mal! — agradeceu Horonamɨ.

Depois disso, como vingança, Horonamɨ estragou nossos alimentos, ele nos fez comer alimentos amargos, ele tornou os alimentos estranhos, nos anestesiou a boca para os alimentos comestíveis, fez nosso paladar estranhar outros alimentos. Ele enfiou uma flechinha envenenada nos alimentos, enfiou em todos.

O monstro Kuku devorou Horonamɨ porque ele agiu assim, ele estragou todos os alimentos dessa forma. Ele os tornou amargos.

No início, eles comiam cabaris crus, quando eram saborosos, pois não eram amargos, antes de ele os envenenar.[1] Eles os comiam e eram gostosos; assim, comiam cabaris gostosos como beiju. Simplesmente os cozinhavam; cozidos, os cabaris eram comidos no mesmo instante. Apesar de eles serem assim, depois de Horonamɨ os picar com a

---

1. Para comer os cabaris, é preciso deixá-los muitos dias na água e pisá-los para remover seu veneno.

flechinha — ele picou todas as sementes das frutas com o veneno — ele os tornou amargos, todos. Foi o que ele fez, e mostrou para eles. Ninguém mostrou a ele os frutos amargos, foi ele que os tornou amargos, picando-os com veneno. Quando ele terminou de picar todas as frutas, ele avisou:

— Isto que vocês comem são cabaris — disse Horonami. — São cabaris, e eram bons, mas vocês não os prepararão mais como preparavam. Depois de algumas noites, vocês pisarão em cima deles e eles ficarão sem gosto, aí vocês vão buscá-los, vocês os comerão. Agora eles são amargos! — disse ele. — A preparação vai demorar muitos dias! — acrescentou.

Assim fizeram. Aconteceu. Não foi qualquer pessoa que estragou as frutas, foi Horonami quem surgiu primeiro e as estragou, não foi um descendente dele. Depois de fazer isso, estragar os alimentos com o veneno, a seta com veneno estragou a cutia, grudou ao rabo da cutia, e está lá ainda. O rabo das cutias se tornou a seta da zarabatana de Horonami, foi o que ele fez, e a cutia sofreu muito. Horonami fez isso com todos os alimentos, aqueles que eram gostosos, as frutas que eram gostosas.

— Não sobrou nenhum!

De fato, nenhum sobrou mesmo, por isso ele disse assim. Ele os picou com um veneno muito amargo. Quando ele terminou, ele foi se acabar também: Kuku o comeu. Assim que foi. Como Horonami não ficava quieto, ele acabou numa situação difícil.

# Horonamɨ a no yuo

Hᴇᴋᴜʀᴀ të pë wãha hayuamopë, kamiyë pëma kɨ nohi patama rë përɨonowei të urihi hamɨ të pë rë kuaanowei, të pë rë kirimayonowei të kãi kua. Pei motoka yai rë keiwei hamɨ, ĩhɨ të urihi pata hamɨ të pë xi yai rë wãrihonowei, të urihi kuwë. Paxori Yanomamɨ pë hiraoma. Yanomamɨ kë pë. Hei kurenaha pë hiraoma, yarɨ hamɨ pë hiraoma. Toromɨriwë xo kɨ përɨpɨoma, mɨ hetuoma. Ɨhɨ Toromɨriwë, Rehariwë kɨ rë prukamopire, kɨ përɨpɨoma, Rapoahiteri pë hiraopë ha. Ɨhɨ pe he haa piyërema ĩhɨni rë. Pë iaɨ tararema. Apia kɨ wamahe. A nomohori tuamapehe, a nakapehe, e pë ã he hamorayoma, a miomiopraamapehe, a nakaremahe. A nakaɨ ha kuikutuhenɨ, a nomohori tukema.

A tumape herɨmahe. A ha tupo hërɨni, a tuo tëhë, amoamo hi ha a kutou tëhë, a iatou tëhë, kama pëni e te hi rë ututupouwehei, hawë hëyëhë të õkaoma, pë itorayo hërɨma.

— Wa iaɨ hëo! — e pë kuma. Ɨha, a ta pëtɨa hërɨ! — e pë kuma.

Hei xomixomi kɨ rë kui, kɨ ta waakɨ! — pë kuma.

A hëamapehe. Kihamɨ ĩhɨ Paxori kama kɨ no mananaepɨni e nini hi pata rë ututaimaɨwei, ĩhete të wai hão pëoma, pei hi henakɨ ha. Kama pë ha piyëa haikiikunɨ, a rë nakarehei, yami a hëtarioma. A xi wãrimakemahe. Ɨhɨ tëhë nini hi pata karërayo hërɨma. Yami apia hi pata hëtario ha, a no preaprarou hëoma.

Ɨhɨ Horonamɨ rë. A rarɨprarou hëketayoma. A miomi-
oprao hëketayoma, a xi wãriketayoma. Wetinɨ a kõapë?
— Wetinɨ ware a kõapë? — a puhi ha kunɨ, a ĩkɨtayoma.
A nohi hõrioma, a puhi õkitii yaro, a komɨpraroma, a
nohi nakao ha, a taamamahe. Rapoahiteri pënɨ. Taprano
kãi mai! Hapa të pë rë kukenowei të pë wãha. Yanomamɨ
pë rë kuo xomao mɨ hetuonowei të pë wãha, Rapoahiteri.
Ɨhɨ pënɨ a xi wãrimakemahe.
Yakumɨ Rehariwënɨ a wã he harema. Rehariwë e ha
tupo hërɨnɨ, a kãi rĩya ha itonɨ, a rĩya ha kõatunɨ, pei yaipë
ha a hore yehiamaɨ puhii makui, a kãi yõhoprariopɨ ha,
e no xi ɨmaoma, Rehariwë iha. A mɨ kãi no wërëprario
hërɨpɨ ha, e kirima:
— Ma, ware wa kãi no itou kateheopɨmi — e kuma. —
Ware a kemarɨhë! Ɨhɨ pë wapaɨ — e kuma.
— Kirii mai! Pë kemaimi, pë ãkɨkɨpouwë — a kuma —
Ɨnaha imɨkɨ ta kuiku! — e kuɨ makui, ĩhɨ e wapëo makui,
a mɨ kãi wërëama.
A miomiomoma, e mori ketayoma, a mori kemama,
ĩnaha e kuaaɨ ha a tɨrakema. Kama pei he hamɨ e ito-
rayo hërima. Ɨhɨ a ha tɨrakɨnɨ, ĩnaha a kuaaɨ tikowë ha,
Toromɨriwënɨ a wã hirirema.
— Weti kë a wã, weti kë a wã no prea yaia kupiyei? — e
kutarioma — Të ã no prea ayaa rë yai piyeië, ĩɨɨ, weti naha
wa të hõra kuhawë, ɨɨɨ? — e kuma. Ɨhɨ e waroa piyëkema.
Hei kurenaha e të ka kɨ ta hërima, tuomamotima te hi
pë ka rë kurenaha e te hi ka kɨ pata tape herima. Ɨhamɨ
katitiwë e të hi ka kɨ waromaketayoma. Hi xerekeopë ha.
A ximapë.
— Pei! Ɨhɨ ei të ka kɨ hami wa imɨkɨ ha rukëkërukëkëmo
hërɨnɨ, a ta ito hërɨ! Wa kei mai kë të! — e kuma — Të ka
kɨ kope waiki — e kuma.

Ihi a prukarema, Toromɨriwë a prukarema. Ihi a yainɨ a yokëmarema. Toromɨ pënɨ hii hi pë ka rë taɨwehei, ĩhɨnɨ a itomarema. A yokëmarema. Ihi a wãha yai. Toromɨriwë, Yanomamɨ a kuoma. Ihi të pë uno hamɨ, kamiyë pëma kɨ no patama, rarou hëaa hërɨma, pë paraɨ hëaa hërɨma. Inaha të kuoma. Toromɨriwë yaro a kuonomi, Yanomamɨ katiti a kuoma, kamiyë ya rë kurenaha. Inaha kuwë a përɨoma. Ihɨnɨ a itomarema.

— Pei a wã huo kõo mai! Inaha kuwë, ai wa të prukaɨ kõo mai kë të! Wa yaiataro — e ku hërɨma.

— Awei! Inaha rë! Ipa nohi wa yaroi, pë yai nohimaɨ, kahë pë kãi nowamaɨ, pë taimi! — a kuma.

Inaha a ha taprarɨni, kamiyë Yanomamɨ pëma kɨ ni pehi pëma kɨ rë iaɨwei, të pë koamipramapë, nii pë kãi wamou puhi mohotipramapë, ai të pë nii wamou aka kãi porepɨpramapë, nii pë kãi hĩma, ruhu makɨnɨ, husu të kɨnɨ të pë kãi hĩma, të pë hĩa xoarare herɨma. Kama ĩnaha a tapraɨ puhio yaro, Kukunanɨ a wapë, nii pë wãrihĩto tapraɨ haikirayo hërɨma. Të pë kõamiamapë.

Hapa wapu pë rë kui, riyëriyë pë wamahe, pë mɨhɨta-tio tëhë, kõami kuonomi, hapa a wãrihĩto tapraɨ mao tëhë, mɨhɨtatiwë naxi hi wamou, mɨhɨtatiwë kurenaha pë wa-mahe. Harii pëo, rɨpɨpraɨ, waɨ katitoma. Kuoma makui, kuaama makui, ruhu ma pë husunɨ të pë hĩma, kete mo-roxi pë rë kutarenaha moroxi pë hĩi kuaama. Hɨtitiwë të pë kõamiprarioma. Inaha a kuprarioma. Të pë wãhɨmama. Ai tënɨ e të wãhɨmanomi, kamanɨ të pë rë kõamipraɨwei, të pë hĩma yaro. Ihi he usukuwë të pë hĩi hëwëkema yaro. Të pë yimɨkamaɨ xoaoma, të pë yimɨkamarema.

— Pei! Hei të kɨ rë kui, wama të kɨ waɨ ha, hei wapu pë wãha! — a kuma — Hei wapu kë pë, a totihitaoma makui, ĩhɨ wama pë rë tahe naha, wama të taɨ kõo maopë! Inaha wa të kɨ titi ha taprarɨni, hei tëhë wama kɨ karukaɨ, kɨ okepropë, hei të ha wama pë kõapraɨ, wama pë wapë, pë kõamipraruhe! — e kumahe — Të kɨ titi pata wai tetehepramaɨ xoarayou? — e pë kuma.

Ɨnaha të tamahe. Të kuprarioma. Hei ai të ha përɨtarunɨ tënɨ nii pë wãrihɨ̃to tanomi, ĩhɨ hapa a rë pëtarionoweinɨ të pë wãrihɨ̃to tarema, ĩhɨ ai notiwa tënɨ të pë wãrihɨ̃to tanomi. Ɨhɨ të ha taprarɨnɨ, pë wãrihɨ̃to tarema yaro, tomɨ iha, ĩhɨ rë ma pënɨ wãrihɨ̃to rë tanowei, tomɨ texina hamɨ e ma xatia xoaa kure, ĩhɨ rë pë texina, ĩhɨ rë e ma ruhu kë ma. Ɨnaha a kãi të taprarema, a hamiri no preaamama, ɨnaha a ha taprarɨnɨ:

Pei nii a rë totihitaohe, kete a kãi totihitaoma makui, ĩnaha a kuwë haikiprarioma.

— Ai të hëami!

Ai të hëpranomi yaro a kuma. A kuɨ xoaoma. Kõami të kɨnɨ të pë husunɨ të pë hɨ̃ma yaro. Ɨhɨ të pë he ha wëprarɨnɨ, wëpraɨ katitio tëhë, kama a waa tikorema. A warema. Ɨnaha a kuprarioma. Kama a yanɨkɨonomi tikoo yaro, a no preaama.

# Como morreu o monstro Kuku

Depois de tudo que nos ensinou, Horonamɨ acabou morto pelo monstro Kuku. Sua mulher estava no final da gravidez e, quando ela sentiu as primeiras dores do parto, o monstro matou o pai. Quem esfregou a barriga para a criança nascer rapidamente foi Yoahiwë ou Yoawë, o irmão mais velho de Horonamɨ.

A partir do momento que o tuxaua Horonamɨ sumiu, Yoahiwë soprou a montanha, que era a casa dos espíritos, pois queria matar o monstro Kuku e vingar a morte de seu irmão.

Ele fez um tipo de arma. Por ser de pedra, a montanha era indestrutível.

O monstro Kuku guardava os ossos de Horonamɨ dentro da montanha e os devorava quando a criança nasceu. Nascida a criança, Yoahiwë a pegou com a placenta e a lavou em água limpa. O tio pegou logo a criança recém-nascida e a soprou para secá-la e acalmá-la. Enquanto isso, ele preparava a zarabatana e escolhia as pedras. Fazendo isso ele nos ensinou a matar. Ele conseguiu vingar Horonamɨ.

A criança o fazia se lembrar do irmão bonito que lhe fora arrancado enquanto ele a mantinha deitada sobre seu peito:

— *Ũa, ũa, ũa* — fazia a criança.

A criança não havia deitado com a mãe e nem mamado ainda quando Yoahiwë soprou fortemente sua boca. Perto, havia um cipó pendurado, um cipó bem duro, que ele torou; amontoou e amarrou muitas pedras, ele escolheu uma pedra bem grande e volumosa, colocou-a na zarabatana e fez a criança soprar. Apesar de a criança ser pequena, saiu um sopro forte.

— Meu filho, teu sopro já é forte! — falou. — *Kuxu, kuxu, kuxu!* — fez para a criança, que estava sentada nas coxas do tio. — Vamos, meu filho, já fortaleceu teu sopro? — perguntou.

— *Hɨhɨ!* — assentiu a criança.

— Experimente! Experimente com isso!

— *Hɨhɨ!*

Ela ficava de pé vacilante, como os filhotes de jacamim.

— *Kuxu, kuxu, kuxu!* Fique firme, fique firme! — o tio apoiava a criança contra seu peito.

— Tente! Tente!

Apesar de ser recém-nascida, *paha!* Ela não soprava devagar.

Ele segurava a criança na cintura, apoiando-a contra seu peito. Ela fazia as pedras se soltarem com um som forte, parecido com o som dos conoris quando abrem. O cipó-de-apuí representava a imagem do monstro Kuku que ele iria mesmo matar.

*Tëɨ̈ɨ̈ɨ̈ɨ̈!* O cipó se destruiu em pedaços.

— Vamos! Outro, outro, outro, só mais um!

Ela soprou novamente. *Paha!* Ouviu-se o som. O meio do cipó explodiu em pedaços.

— Bem, o teu sopro já é forte. — Ele fez explodir o pedaço de cipó que sobrava. Ele riu. Ela foi perseguir o monstro, essa mesma criança que havia nascido naquele dia, de manhã cedo.

— *Hoaa*, é mesmo o meu filhinho!

Pegou a criança nos seus braços para vingar o pai dela. Apesar de ser pequena, a criança vingou seu pai.

Apesar de a montanha ser dura, ela resistiu? Não! A criança fez explodir um pedaço da serra, pois as pedras eram duras.

*Paha*! A criança fez cair a serra no chão em um monte de pedaços. Os pedaços de pedra zoavam.

*Tuuuuu*! Ela fez zoar os pedaços de pedra. Enquanto isso, o monstro Kuku chorava de medo. Ele se lamentava, enquanto eles se aproximavam. Ele chorava muito:

— *Ĩiĩ*! O que vai ser de mim? — ele gemia, assustado.

Os últimos pedaços da montanha ficaram pendurados lá. O último pedaço caiu com o monstro e o destruiu:

— *Ku*! *Ku*! *Ku*! *Ku*! — fez o monstro.

Embora o monstro estivesse morrendo, ele conseguiu matar o bebê. Com muita dor pelo irmão bonito, que o monstro conseguiu extinguir quando a criança nasceu, o tio a deitou sobre seu peito para fazer dela o instrumento da sua vingança. Yoahiwë ficou com muita raiva da morte do seu sobrinho, a quem tinha se apegado como se fosse seu próprio filho, iludindo-se com a ideia de criá-lo. Como perdeu seu sobrinho, o irmão mais velho de Horonamɨ fugiu rapidamente num tipo de jangada e, enquanto fugia, transformou-se em espírito. Seus dois irmãos Yoahiwë e Omawë correram e seguiram pelo rio, zangados.

— *Aë, aë, aë, aë, aë, aë*! — dizia ele sem parar, de raiva pela morte do seu sobrinho.

Sim. Assim fizeram.

# Kuku na

Hekura a rë pëtarionowei, ya të koro rë prakɨhe, ĩhɨ katehe Horonamɨ a wãha kuoma. Ai të përɨo mao tëhë, a përɨo rë parɨonowei, hapa ĩnaha të kuprarioma. Ruwëri a xëprarema, a ha xëprarɨnɨ, të pë mioma, kamanɨ të pë kãi përɨawei, ohi a wayunɨ, titi a mɨ haruu ha maikunɨ, titi rape të kua makure, hei pëma kɨ he ou. Ĩhɨ titi tute a kuo tëhë, pë ka hẽhaprarema. Ĩhɨ a rë mataruhe tëhë, pata a noã ha, kɨ rë horanowei, pei makɨ hekura pë yahipɨ horama, Kuku kë na xëprai puhiopë yaro, a no mɨhɨapë, e makɨ horama.

Mokawa pë rë kurenaha të taprarema.

Maa ma kɨ makui, e makɨ kãi yãxikonomi. Ĩhɨ patanɨ, ihirupɨ e makasi poyakawë kuoma. A mori payeriama. Ĩhɨ rë ihirupɨ makasi kuprarioma, Horonamɨ ihirupɨ. Pë ihirupɨ e makasi wayu mori kuprou ahetou tëhë, e warema. Ĩhɨ e keprai tëhë, a no yuapë, ihirupɨ e makasi hokokama, makasi paɨsama. Pata e yai wãha rë kuonowei, ĩhɨ rë e wãha Yoahiwë kuoma. Yoawë e wãha kuoma, Horonamɨ patapɨ yai. Pë pata a kãi yai rë përɨonowei, ĩhɨ rë a wãha Yoawë kuoma.

Ĩhɨ ihirupɨ e keprarema, kiha, pë hɨɨ e ũ pë tapohorayoma, pei makɨ ka ha, Horonamɨ ũ pë titioma, ĩha a waharayoma; a ha warɨnɨ, ihirupɨ e wai keprarioma. yëĩyë pë hɨɨ patanɨ e maoa nokarema, a wai horaximama. A kuaaɨ tëhë, a rë horaɨwei e të si ka kopemama, masiri kɨ yaima. Maa ma komore kurenaha. Kutaenɨ, napë të pëni exi të tapraremahe, të pë rë niayore? Ihini të pë rë hiranowei, të taprarema. Waiha a no yuai he yatiopë, Horonami katehe a kuoma yaro. Pë oxe pë no xi hiraa he yatimarei yaro, të wai keprai tëhë, pë hii pata pariki ha e wai makepoma:

— Ũa, ũa, ũa — e të wai kuma.

Të wai nokarema pë hii patani. E të wai yaruprarema. E amixi kãi kõo parionomi. Hei a rë nokaare, kama e u ha wai a yarurema. A wai tikëmakema, a haximarema. Yonoupë pë kãi nokarema. Pë nii iha a yakaamanomi. Mixiã ki hiakawë hipëoma, kama ihirupi iha. E mixiã ki titihoma. Ihi aini masiri komore, maa ma kurenaha, wãtarakawë raperape e ki yaima. Kiha hiakawë totihiwë hawë ãrokoto pë pata rë kure, ĩhi e të pë pata përema, mixiã ki wapamapë, hei masiri ki pata xirikamai piyëkoma, masiri ki pata kõkaprarema. Ihi të ki pata yutuhamai piyëkou puhiopë yaro. A wai oxe makui, e të mixiã ki hiakawë hatariyoma.

-Ihi rë kë, xei, wa mixiã ki wai hiakaprario kuhe? Kuxu, kuxu, kuxu, hiakaprou ta hairo! — pë hiini ĩhi rë të wai tikëmaporani, e kuma. — Pei xei, wa mixiã ki wai hiakaprario kuhe?

— Hĩi! — e wai kuma.

— Wapëpraa! Të ta wapëpraa!

— Hĩi! — e të wai kuma.

E të wai uprao yatitiwë makui, yãpi pë ihirupi wai rë kurenaha, e kuaama.

— Kuxu, kuxu, kuxu! Hiakataru, hiakataru! — Pë hiini pata pariki ha a hamapoma. — Pei, wapëpraa, wapëpraa!

E keano tute makui, paha! E të opi horaai ma rë mare! Ihirupi pëixoki wai huwëporani, a wai hamapoma. Hawë momo e kosi homopramai xoarayoma. Momo kosipë homoprou hiakawë rë kurenaha, e të mixiã ki kuma. Hei

ãrokoto pata rë kui no owa rë kui, Kuku na no uhutipɨ
pata rë tapo piyei.

— *Tëɨ̃iiii!* — hemata pata yutumarema.

— Pei, ai a, ai a, hɨtɨtɨ a — të mixiã kɨ wai kutou kõ-
rayoma

*Paha!* Pëɨxokɨ totosinɨ të pata yai yutumarema

— Pei, wa mixiã kɨ wai hiakaprou waikirohe! — e kuma.
E toto hemata pata yutumarema. E ka ĩkapraroma. Ɨhɨ rë
a kãi ukuo xoaa kure, hei a wai rë keprou henare tëhë.

— *Hoaaa!* Xëtëwë rë kë ë!

Pë hɨɨ a no yuamapë, e wai maore hërɨma. Oxe makui
a no yurema, ihirupɨnɨ.

Pei makɨ hiakawë makui, e makɨ hiakao ma rë kë? Të
kɨ pata ãtahu yutuhamama, masiri kohipɨ pë yai yaro.
Napë pënɨ të pë rë taɨwehei naha kutaenɨ, ĩhɨ të pënɨ të
pë niayou, të hiraɨ ha të tama. Të pë rasisiwë ukëo ma rë
mai kë! A kãi rë ukuore, hei naxomi naha a wapaɨ waikia
kurahari, hei a wapaɨ waikia.

*Paha!* Ɨhɨ pë hɨɨnɨ a tikëmaporanɨ, pë hɨɨnɨ hapa e kɨ
pehi horakema, a hiraɨ ha. Ãtahuãtahu komi të kɨ mɨ pata
tikukoma. Pei të makɨ ãtahu pata tiririmoma.

— *Tuuuuu!* — të kɨ ãtahu pata tatamama. Ɨhɨ kë kɨ
taamaɨ ha, Kuku nanɨ pë hɨɨ a rë warenowei, Kuku na
pata ĩkɨma. Kuku na pata kiriri ĩkɨma. A nohi hõrio ha,
të aheteprou waikirayou ha. E të pata ĩkɨɨ:

— *Ɨɨɨ!* Kamiyë kë! — e pata kuma, kiriri.

Ɨhɨ kihi heaka hamɨ kɨ pata rë reiamaratɨ, hɨtɨtɨ ĩhɨ kihi
rë të kɨ pata rë hëtaruhe, të pata patikama kiriopë. Kuku
na pata patikimaye kirioma:

— *Ku! Ku! Ku! Ku!* — të pata tamama.

Ɨhɨ no pëxɨrɨ rë taare ha, hei ihirupɨ patanɨ a rë yurehe,
a puhi no ãxokei yaro, ĩhɨ rë të mɨ haru ha, e rë hi hato-
prare, imi huherayou yaro, pë hɨɨ pata e xi rë iha rë wãrihi-

prouwei, ĩha rë e rii tokua xoarayoma, e pehi yëa xoarayo hërima, hõrohõro kɨ hamɨ e pehi yëa xoarayo hërima, hõrohõro kë kɨ tiyëwa ha e pehi kãi yëa xoarayoma.

— *Aë, aë, aë, aë, aë, aë!* — e kurayo hërima, ihirupɨ a no pëxɨrɨ ha.

Awei, ĩnaha të pë kuaama.

# Omawë

Esta história começa com o nome dos Hoaxiwëteri. Omawë e Yoasiwë moravam com os Hoaxiwëteri. O tuxaua Hoaxi, Caiarara, convivia com eles, por isso se chamavam Hoaxiwëteri. Nesse mesmo lugar, junto com os Hoaxiwëteri, moravam Omawë, que era o irmão mais novo, e Yoasiwë, o mais velho. Omawë, mais novo, nasceu depois de Yoasiwë. Então, Yoasiwë e seu irmão mais novo, Omawë, moravam com os Hoaxiwëteri.

Eles pegaram a filha do monstro Raharariwë. Os dois viram a filha de Raharariwë. Totewë, outro nome de Yoasiwë, viu a filha de Raharariwë sentada, pegando piabas — ensinando assim a pegar piabas. Yoasiwë desceu ao rio e, apesar de ele não ter anzóis, onde estava pegando piabas, ele fez aparecer um tipo de anzol. Não existia anzol, mas com seu pensamento, ele o fez surgir e o amarrou em uma espécie de gancho de pau.

Raharariwë e suas filhas moravam no rio Tanape. Era lá que ficava o *xapono* de Raharariwë. Omawë as encontrou no rio Tanape.

Era a própria filha de Raharariwë que se chamava Tepahariyoma, Mulher Matrinxã, aquele peixe branco, de rosto bonito. A irmã mais nova se chamava Peixe.

No início, quando não havia mulher nos outros *xapono*, quando não existia mulher entre os homens, os dois pegaram e levaram a filha mais velha de Raharariwë. O irmão mais novo, que era lindo, conseguiu pegá-la, embora os dois fossem anambés-azuis muito bonitos.

— Que passarinho bonito! — Vocês dizem assim, pois Omawë era bonito. Foi para ele que a mulher se entregou.

O irmão mais velho de Omawë se chamava Hëimiriwë, Anambé-Azul, queria se transformar em anambé-azul;[1] o nome do irmão mais novo era Omawë, saíra-paraíso, bonito, para conseguir pegar as duas mulheres, foi ele quem fez as duas mulheres se levantarem. Depois de os dois pegarem essas duas mulheres, não perguntem o que aconteceu!

Omawë e seu irmão mais velho, Yoasiwë, o menos bonito, não foram ao rio, pois estavam em um lugar diferente. Não moraram logo no lugar onde pegaram as filhas do monstro aquático Raharariwë: foi a imagem deles que se deslocou, na forma de passarinho.

Omawë não andava na terra, a história de Omawë é essa, ele não andava na terra para pegar mulher, pois queria se tornar espírito. Ele não criou os Yanomami. Ele era sozinho, independente, pois queria se tornar eterno. A imagem dele ainda chega aos Yanomami, é ele que se chama Omawë.

1. O anambé-azul fornece penas azuis usadas para fazer os brincos dos pajés.

# Omawë

Hei Hoaxiwëteri pë wãha kua, ĩhɨ kɨpɨnɨ, Omawë, Yoasiwë pata xo ĩhɨ kɨpɨnɨ pë kãi përɨoma, ĩhɨ Hoaxiwëteri. Kama Hoaxi a nikereoma yaro, ĩhɨ kama Hoaxiwëteri pë wãha kuoma. Ɨha ĩhɨnɨ pë kãi rë përɨonowei Omawë oxe, Yoasiwë pata, pata e yai kuoma, pata a kãi yai përɨoma. Omawë oxenɨ Yoasiwë a nosi poma. Kutaenɨ Hoaxiwëteri, Yoasiwë, Omawë oxe xo pë kãi përɨpɨoma.

Raharariwë tëëpɨ rë yupɨrenowei. Rahariwë tëëpɨ ha tapɨrarënɨ, Totewë patanɨ Raharariwë tëëpɨ kãi roa tararema. Raharariwë. Yaraka kɨ rëkaɨ hiraɨ ha, ĩhɨ Yoawënɨ e kɨ rëkaɨ mɨ wërëkema. Ihiya pë kãi kuamɨ makui, ĩhɨ kɨ rëkapë ha, ihiya e kɨ pëtarioma. Ihiya e kuonomi. Kama puhɨnɨ ihiya a pëtamarema, hii hi yõpënama ha a waɨ rë hĩikenowei.

Raharariwë tëëpɨ kãi rë përɨonowei kama pë hɨɨ a rë përɨonowei, Tanape u ha tëëpɨ kãi përɨoma, Raharariwë Tanape u pata ha. Kama xaponopɨ praoma. A he harema, e kɨ he ha hapɨrënɨ, Tanape u pata ha.

Raharariwë tëëpɨ yai, tëëpɨ yai, ĩhɨ tëë e yai Tepahariyoma e kuoma, ĩhɨ e wãha. Ɨhɨ tepaharimɨ rë wama xixi pë waɨ, pë ma rë auwei, të pë mohekɨ ma rë totihitai. Oxe e rë kui, Marohayoma e wãha kuoma.

Suwë pë mao tëhë, ai a yahi hamɨ suwë ai a nikereo mao tëhë, hapa Raharariwë tëëpɨ yupɨrema, e yëpɨpɨrema. Oxenɨ Omawë katehe a yainɨ, a yëpɨrema Omawë pata Hëɨmɨriwë katehe kɨpɨ yaro.

Kihi kiritamɨ a totihitawë! Wama kɨ rë kuɨwei, Omawë katehe e kuoma. Ɨhɨ a yainɨ, suwë a no xi ɨhɨtarema.

Hëɨmɨriwë pata a wãha kuoma, Omawë oxe katehe e wãha kuoma. Kɨ wã kãi rë hokëpɨpramarenowei ĩhɨ e yai. Ɨhɨ weti naha suwë kɨ ha yupɨrënɨ kɨ kupɨprono mai!

Mau u hamɨ, Omawë, Yoasiwë totexi pata xo kɨ hupɨnomi, kɨ rii yaipɨa. Ɨhɨ kɨ rë yupɨrenowei, Raharariwë tëëpɨ rë yëpɨpɨrenowei ĩha kɨ përɨopɨo xoaonomi. Ɨhɨ Marohayoma iha, Hoaxiriwë mo ha wëtɨpramarɨnɨ, të mɨ haru ha, kihamɨ, kɨpɨ heakaprou xoarayoma, heaka hamɨ rii. Ɨhamɨ pë tëë e kãi yure hërɨma.

Pepi hamɨ, Omawë a huɨ kõo taonomi. Omawë të ã rë kui, pita hamɨ Omawënɨ suwë katehe a rë yurenowei a hunomi, a huɨ taonomi. Omawë a rë kui kama a hekura hupë, Yanomamɨ të pë tapra hërɨnomi. Kama yami a yaia, parimi a kuprou puhiopë yaro. A no uhutipɨ warou maprou rë mai, pei a no uhutipɨnɨ Yanomamɨ të pë rë haika rë xoare, ĩhɨ a yai wãha Omawë.

# O surgimento da maniva

Q UEM pegou e espalhou a maniva para nós comermos? Não havia maniva. Nossos antepassados não possuíam maniva como a que nós plantamos. Não tinham maniva, ela não existia.

No início, quando o monstro Raharariwë morava com suas filhas, sem outros parentes, seu *xapono* ficava no fundo da água. Raharariwë não morava em terra seca. No início, ele tinha sua casa dentro da água.

As manivas estavam em uma casa que tinha a estrutura fincada, como a nossa. Ela tinha esteios de maniva fincada. Ele possuía maniva. Morava com elas, Raharariwë, ele mesmo. No início, era ele que a possuía, a maniva que foi multiplicada e dividida. Quando ninguém tinha plantação de maniva, ele amarrava sua rede lá onde ela estava. Ele guardava essa casa de maniva fincada. Se não fosse ele, nós sofreríamos, se Raharariwë não possuísse a maniva.

— Vou plantar maniva. — A gente nem diria isso. A partir de Raharariwë, a maniva se espalhou e nós comemos farinha. A maniva se espalhou como alimento. Ele possuía a maniva, aquele cujas filhas foram pegas. Omawë a quebrou e a pegou.

Quem foi traiçoeiramente chamado para dentro dessa casa? Quem chegou? A filha entrou com ele dentro da casa de Raharariwë. Ela entrou maliciosamente com ele dentro da água. A filha estava lá de pé. Olha só a água! Olhe a superfície da água! A filha estava de pé dentro da água escura. Ela o levou maliciosamente, para que o pai o assustasse. Ele assim conseguiu chegar até Raharariwë, mas só para passar medo.

Chamava-se Omawë. Ele tinha o nome daquela saíra verde tão bonita, não de outro passarinho! Foi ele mesmo, Omawë, que levou a filha de Raharariwë. Ele conseguiu entrar na água depois de fechar as narinas, foi sua mulher que as fechou:

— *Kopou!* *Ũi, ũi, ũi, ũi, ũi, ũi!* — ela fez assim. — Você não se afogará! — disse ela.

— *Hïii!* *Tëï!*

O *xapono* logo ficou sem água. A casa estava pintada de vermelho escuro como as frutas *hũria* bem maduras, como o vermelho cor de sangue das asas de papagaio em movimento. Raharariwë morava em uma casa bonita e Omawë chegou até lá. A filha lhe falou:

— Pai! É teu genro! Eu trouxe teu genro, eu casei!

Raharariwë olhou para Omawë.

— Aquele é teu? *Hïii!* É teu?

— Pai! É meu marido! Eu casei! Ele é bonito, tu não achas?

Ele sorriu. Lá, aquelas raízes saídas da terra pareciam enormes.

Onde o sogro estava, havia um pau grande, enfeitado e bonito, no chão, parecido com a pele das costas de um poraquê. A filha sentou com Omawë.

— Vai te sentar naquele pau com teu marido, filha querida!

Ele o fez sentar em cima do pau *iwaiwakana* para assustá-lo. Esse pau se mexeu como se mexem os jacarés. Ele o fez sentar em cima de um pau que se mexia por si só. Omawë se sentou e perguntou a ela:

— Isto é madeira?

— Não é madeira! É maniva! São manivas! — disse a mulher.

Nós chamaremos de maniva, foi ela que ensinou o nome maniva.

— Como se faz aquilo?

— Ele quebra para fazer beiju, ele faz beiju e come — respondeu ela.

— *Hoaa!* — exclamou.

Ele tirou algumas mudas de maniva que estavam juntas:

— *Kero!* Eu plantarei minhas manivas! — Omawë disse reservadamente à esposa.

Rahararariwë quase comia o genro, se a filha não o protegesse, guardando-o sentado no seu colo.

— Tu me pegas e me fazes sentar no teu colo.

E assim outras farão, fazer sentar o marido no colo. Assim ela fez e ensinou a fazer.

Omawë ficou com medo por causa do pau que se mexia, ficou assustado, gritou e chorou como uma criança. Chorou de medo.

Como o pau estava se mexendo, Omawë se tornou caba e grudou ao pau, se transformou em caba *tutu si*, daquelas branquinhas. Ele ficou abalado.

Ela conteve o pai:

— Pai! Não faça isso! É meu, eu casei! Não faça isso, por favor! Se você fizer isso, eu não ficarei aqui! Vamos voltar, nós dois!

Ela mostrou a frente da casa. Raharariwë quase comeu Omawë, por isso ela fugiu com ele. Ela também fugiu, pois Raharariwë quase comeu o marido.

— *Tu, tu, tu, tu, tu, tu!* — ele já estava dizendo.[1]

Aquele que levou as manivas de Raharariwë boiou com elas e as deu aos seus parentes.

Nós comemos o que ele deixou para acompanhar nossa comida, para não sentir mais fome, ele pegou para nós comermos.

Ele levou as mudas de maniva, cujos brotos ficaram chorando. Já havia realmente fugido.

Levaram manivas cujos irmãos ficaram chorando.

— Pai! Pai! — choravam assim.

Assim fizeram.

---

1. Aqui há um jogo com o verbo *tu*, cozinhar em água.

# Naxi si të ã

Ïhɨ weti iha naxi si piyëamopë, si ha kuonɨ weti iha si piyëremahe? Ïhɨ kamiyë pëma kɨ iapë, naxi si kuonomi. Hei kurenaha pëma të pë ha kearɨnɨ, pëma të pë tapë, pata të pë rë harayonowei, të pënɨ si taponomihe. Si ponomihe, kuonomi yai.

Raharariwë a ha përɨikunɨ, hapa yami a kuoma, Raharariwë, ĩnaha pë kuonomi, pë horohoonomi, yami të pata përɨoma, Raharariwë, ĩhɨnɨ hawë kamanɨ haxɨrɨ ha a kuama mai! Huxomi ha hei yahi mɨ kurenaha, mau u makure, ĩnaha e mɨ huxomi kuoma. Hãto e nahi kuoma, huxomi hamɨ.

Hei kurenaha, hii te hi kɨ ĩtatawë rë kurenaha ĩhɨ naxi si kɨ ha yahipɨ kuoma. Naxi si kɨ tõtahima ha nahi ĩtapoma, õkapoma. Ïhɨnɨ si kɨ tapoma. Si kɨ kãi përɨoma, Raharariwëni. Ïhɨ a yai. Si rë paramarenowei, si rë wëyënowehei, ĩhɨnɨ si poma, hapa. Ai të iha ai si keo mao tëhë, ĩhɨ si kɨ ha pëkɨ tana yãoma. Ïhɨnɨ si kɨ hãto nahi ĩtapoma. Kamiyë pëma kɨ no mori preaama, ĩhɨ a mao ha kë kunoha, Raharariwëni si kɨ tapou mao ha kunoha, napë ya wãha harɨnɨ:

Naxi ya hĩ kɨ puhii! Ya kuimi. Naxi ya si kea harayou. Pëma kɨ mori kunomi. Ïha si kɨ rë piyërenowehei, Raharariwëni si ha piyërëni, e si ha piyërëhenɨ, naxi pëma a waɨ. Si hore wamou praukurayoma. Ɨnaha. Ïha, pë tëë kɨpɨ rë yupɨrenoweinɨ si kɨ tapoma. Naxi si kɨ tapoma. Ïha rë e si kërema.

Ihɨ weti a ha nomohori ha nakarënɨ huxomi hamɨ weti e warokema? Kama Raharariwë e nahi hamɨ kama pë tëënɨ a kãi rukërayoma, huxomi hamɨ. Hei a rë rukëre pë tëënɨ a kãi nomohori rë rukërayoma. Hei kurenaha pë tëënɨ kihi naha a kãi upraoma, kihi tokori kɨ hena rë kurahari naha. Ihɨ kihi rë të u pata. Të u parɨkɨ pata. Huxomi hamɨ, mɨ wakarawëmi makui, tëë e upraoma. Ihinɨ a rë yurenowei, a nomohori kãi kirimapë pë hɨɨ iha. A kãi waroa he yatikema, a rë kirimaɨwei. Ihɨ rë a wãha Omawë. Uxuweimɨ si pë wai rë riyëhëi ĩhɨ a wãha kuoma, ai kiritamɨ mai! Ihɨ a rë kuinɨ pë tëë e yai rë yurenowei ĩhɨ e yai. Omawëni e yurema. Raharariwë tëëpɨ. Ihɨ a kãi ha rukërɨnɨ, a kãi kea he yatiparioma, hũka kɨ ha kahurënɨ, hesiopɨnɨ hũka kɨ tapoma. Hũka kɨ ha kahurënɨ:

— Kopou! Ũi, ũi, ũi, ũi, ũi, ũi! — a kuɨ he yatiyo hërɨma
— Wa mixi tuo mai kë të! — e kuma.

Hĩɨɨ! Tëi!

Hei kurenaha, hei kurenaha e kutarioma. Kihi hawë hũria ana pë pata wakë kõre rë përɨkɨi, kihi hawë werehi hakosi pë pata ĩyë rë xurixuripraroi, yahipɨ mɨ kuoma. Katehe nahi ha a përɨoma, a përɨopë ha e warokema. Pë tëë e ã hama.

— Hape! Siohahë kë a! — e kuma — Siohahë ya kãi huɨ kuhe, ya yurema!

E mamo pata xatitarioma.

-Ëhë rë të? — e pata kutarioma — Hĩɨ! Ëhë rë të?

— Hape, hẽaroyë kë a. Ya yurema, a ma rë riëhëi — a noã tama.

E të kahe pata watëkarioma. Heinaha kama e kuma.

Kihi kë të ko pë pata hẽraxa urerewë hawë nasi kɨ pë pata ureremoma. E të wãrima, pë tëë iha, ĩhɨ ei rë a kãi rë keparuhe iha.

— Naxi rë si pata ë, exi të si kɨ pata?

Mihi te hi rë kurenaha, ĩnaha kuwë, no aiwë te hi ha, katehe te hi ha, hawë yahetipa kë kɨ sipo rë kure te hi pata praopë ha pë xɨɨ a kuopë ha e kãi tikëkema.

— Mihi kana hi ha xoe hẽarohë a kãi ta tikëtaru! Mihi hi ha! — e pata kuma.

Iwaiwa kana hi pata ha, iwaiwa kana hi ha a tikëmakema. A kirimapë. Ɨhɨ iwa rë pë rë kuprouwei naha, e te hi pata kuproma, hi taɨ ma mahei rë. A tikëkema.

— Hei hii rë hi kɨ?

— Ma, hei hii hi kɨ mai – e kuma hesiopɨ. Të pë pata nohi makepraɨ.

— Hii kɨ mai! Naxi si kɨ! — hesiopɨ e kuma.

— Naxi si kɨ! — e kuma.

Pëma si pë wãha yuapë. Ɨhɨnɨ si pë wãha hirakema.

-Ɨhɨ weti naha të pë taɨ?

— Kihi ko ha kë anɨ, a ha rãanɨ, a waɨ — e kuma.

— Hoaa! — e kuma.

Heinaha si kɨ kararu pata rë yëtëawei, e të kɨ kararu pata rë yërëkëi, e hoyorema.

— Kero! Ipa ya si kɨ keapë! — e ha kunɨ, a wã wayomama, nomohori.

A mori wama. Rahararinɨ a mori suhama, hẽaropɨ mori suhama, tëë e mao ha kunoha, pë tëënɨ a he rumapoma, a tikëmapou rëoma, pei waku ha.

— Kahënɨ ware wa yurei, ya tikëkei pei wa waku ha – e kuma, hẽaropɨ.

Ɨnaha të pë tapehe, a tikëmarema. Ɨnaha të pë tama, të pë taɨ hiraɨ ha.

A kirimarema, e te hi pata aketeprarioma, amokɨ kerarioma, a ëaëmoma, Omawë. E kiriri ĩkɨma.

Ɨhɨ e te hi pata hokëhokëmou xoapario ha, kõpina e yëtëkema, tutu si wai rë auwei, ɨhɨ e të si xi harirawë tutusiprarioma, e kõpinaprarioma. Kutaenɨ a no preapraroma.

Pë tëëni a nokarema.

— Hape! Inaha ta tihë! Ipa a rii, ya yurema yaro! Inaha a tai mai! Inaha wa kuaai tëhë, ya kãi kuomi. Pei, pëhë ki ta kõo hëri! — e kui xoaoma.

Pei e nahi pariki mia pëmarema. A mori wai waikita ha, a kãi tokurayo hërima. A kãi tokurayoma, a mori suhai ha.

— Tu, tu, tu, tu, tu, tu, tu! — e kui waikia ha.

Ihi Rahariwë iha si rë yurenowei, si kãi ha pokëpraruni, kama a rë kuawei ha, si hipëke herima. Si hipëke herima. Inaha si rë takenowei, ĩhi rë pëma tëhi pë wai, pëma ki ohii maopë, pëma ki pehi yurema.

Ihi si rë yurenowei ai ihirupi ai, ai si tëëpi, maxi hami e si ĩkii hëoma. Si ĩkima. Pei si xi ĩkii hëoma. Pei si kãi yai ma tokurihe ha.

— Hapemi! Hapemi! — heparapi e kui hëkema. A mia no pou hëkema, ai a yupire herii ha, inaha e kuma. Inaha të tamahe.

# O dilúvio

*O ressurgimento dos Yanomami e o aparecimento dos napë*

Depois da morte do irmão e do sobrinho, Yoahiwë e Omawë fugiram rio abaixo. Havia somente um rio, o rio Tanape. Eles encontraram, no percurso, outro sobrinho, filho de Manakayariyoma, cuja mãe se considerava a irmã dos dois, por ter o mesmo nome que a irmã deles.

Como se deu esse encontro? Enquanto os dois estavam no meio do rio, eles escutaram um chamado vindo de cima. *To! To!* Escutaram um som descendo na direção deles. *Hɨ tuuuu!* Fazia o bebê descendo na direção deles. O sobrinho desceu na sua direção com sede. *Hɨɨɨ tëɨ!* A criança estava amarrada em uma haste de palmeira.

— *Ũa, ũa, ũa!* Tio! Tio!

Acabava de descer ao chão, sentado no meio daquela haste de palmeira:

— Sede! Sede! Tio! Sede!

Eles o agarraram. Não foi gente que deu à luz esse bebê. Ele não tinha pai gerador, mas apenas apareceu nessa haste de palmeira.

Levaram-no, muito sedento. Ninguém o gerou! Levaram-no, pois era o sobrinho.

Foi lá que os dois encontraram o filho de Manakarariyoma. Por causa desse bebê encontraram o grande rio fechado. Os humanos foram exterminados por causa daquele bebê sedento que surgiu do nada.

Como? Omawë não abriu sem razão essa água na qual se afogaram os Yanomami; foi por causa do sobrinho cujo fôlego se apagava. Ele morria de sede.

Como se deu esse evento?

— Ẽ, ẽ, ẽ! — assim ele respirava.

Vendo a criança arfar, com a moleira se esvaziando, o tio chorava por causa da sede do bebê.

— Não vou deixar meu pequeno sobrinho morrer! Não vou ficar feliz, não! — dizia chorando e recuando.

Os olhos do bebê estavam virando e Omawë dava a espuma de sua baba para ele beber. O bebê chupava, mas chupava em vão. Sua boca se enganava com a urina do tio. Ao final, o irmão mais novo refletiu e decidiu conseguir água de qualquer forma.

Ele previu que a água estava guardada embaixo de uma pedra. *Tuku, tuku, tuku*! A água batendo debaixo da pedra fazia esse som.

A pedra era muito dura, estava bem fincada; mesmo assim ele conseguiu tirar um pouco, não de vez. Ele suspendeu a pedra só um pouco, inclinando-a para o lado, não por baixo. Assim que ele a empurrou um pouco, a água jorrou. O bebê, que já estava morto, ressuscitou por causa dessa água.

*Tuuuuuuuu*! Fez a água.

A água logo jorrou longe. O jorro caiu lá, bem em baixo. A água se curvou e escondeu o céu. A água jorrou durante duas noites e o rio encheu rapidamente. Por causa da sede daquele bebê, a gente daquela época desapareceu.

Foi depois desse evento que nossos antepassados surgiram; a água levou os mortos lá pra baixo, onde os dois preparavam redes. Omawë, Yoasiwë e o sobrinho fizeram uma cerca de paxiúba dura como ferro fincado na água, para reter os mortos levados pelo rio. No mesmo lugar onde Omawë e Yoahiwë se localizavam, eles fizeram outro jirau bem forte para moquear os mortos e fazer aparecer os *napë*.

Feito isso, a água já trazia outras pessoas sofrendo, os afogados. O rio ficava bem estreito no meio da terra dos *napë*. Pegaram os mortos lá bem perto da terra dos *napë*, lá em baixo. Chegavam pelas águas os quase mortos, onde estavam os dois.

O que fizeram Omawë e seu irmão? Eles usaram aquelas redes que haviam tecido. O irmão mais velho, que era mais esclarecido, disse:

— Irmão menor! Faça logo, os meus já estão passando! Meu irmão, os primeiros já estão passando!

Prepararam corda de embira. Os dois teceram um tipo de tarrafa transparente. Eles salvaram as pessoas com tarrafa de embira *omaoma*. Não paravam de lançar a rede onde chegavam os mortos, pegando um a um. Puxaram a rede como se fossem peixes, muitos peixes.

Feito isso, ele e o irmão mais novo os jogaram em cima do jirau, um por um, quando o fogo grande se erguia; eles os assaram como se fossem caça.

*Xãaaai!* O fogo crescia com a gordura derretida de gente. O irmão mais novo cortou as folhas novas de sororoca e as deixava no chão. Em cima dessas folhas, juntava os corpos cremados, enquanto o outro recuperava os corpos no mesmo instante.

O sobrinho, que rapidamente cresceu, ajudava seu tio.

Eles os jogavam em cima das folhas, os corpos cremados. O irmão mais velho recuperava os corpos e os raspava.

Ele raspava os corpos cremados com um tipo de colher grande. *Xoe! Xoe! Xoe!* A pele dos cremados produzia esse som.

Eles jogavam os corpos cremados em cima das folhas novas de sororoca, que estavam no chão uma perto da outra.

Aqueles que estavam bem raspados, eles separavam, pegando-os com um tipo de arpão. *Tuuuuuuuu!* Eles não erravam.

— *Aë, aë, aë, aë, aë, tãrai!* — faziam os dois assim. — *Aë, aë, aë, pei kë oooo! Tãrai!*

Fizeram assim levantar os Yanomami ressuscitados com flechas na mão.

— Todos, todos, todos, todos! *Tãrai!* De pé! — disse Omawë.

Primeiro ressurgiram os Yanomami e depois apareceram os *napë*.

Somente os Yanomami Horonamɨ se ergueram com as flechas na mão.

— *Kia! Kia! Kia! Ha, ha, haaaa!* — diziam eles. — *Tãrai, ha asi ɨɨɨ!*

Eram gordos, pintados e enfeitados, com as penas de cauda de arara, altivos.

— *Ha, ha, ha, ha!*

O irmão mais velho riu sem parar dos que estavam se transformando. Olha aqui! As mulheres púberes se erguiam elegantes, apesar de terem morrido afogadas, elas reapareceram como moças novas.

Depois de ter amontoado a metade dos corpos cremados, eles os jogaram na água. Os mortos não caíram na água em silêncio.

O primeiro a dizer: *Ĩxima! Ĩxima!* se tornou piranha. *Ĩxima! Ĩxima!* Todos que disseram isso se tornaram piranhas.

— *Koooorooouuu! Kuxu, kuxu, kuxu!* — faziam.

Os demais se transformaram em matrinxã. Apareceu um monte de peixes flutuando. A superfície da água ficou completamente coberta e sumia de tanto peixe, a água não se mexia mais de tanto peixe, de cuja carne gostamos tanto.

Quando dizemos:

— É um pacu! — na verdade, comemos a carne de gente que se tornou peixe, comemos a carne preta de Yanomami.

Da nossa carne de Yanomami surgiram os *napë*. Os *napë* surgiram a partir dos Yanomami que se transformaram. A partir dos nossos corpos cremados, com a transformação, os *napë* surgiram.

Antes mesmo da existência dos *napë*, já havia aparecido a moradia deles, antes do surgimento dos motores, do canto do galo, e antes dos próprios ancestrais. Embora sejam a origem de tudo isso, antes da existência dos *napë* e das *napëyoma* falando uma língua estrangeira, Omawë e Yoasiwë se surpreenderam quando ressuscitaram e rasparam os outros.

Os ressuscitados ficavam de pé, elegantes, e atiravam flechas para provar que estavam sãos e salvos.

— Irmão menor, aqueles que eu queria fazer surgir, eu os deixei à deriva na água! Veja o resultado! — disse o irmão maior, porque havia ressuscitado todos eles.

Omawë se transformou e, onde se transformou, a imagem dele se tornou *napë*. Ele criou os *napë*. Lá a sua imagem se misturou e ainda está lá, eles não a veem.

— Eu sou aquele que ressuscitou vocês! — ele diz isso? Omawë não diz isso. Ele existe ainda, ainda está vivo em algum lugar. — Sou aquele que ressuscitou vocês! — Omawë não nos diz isso.

Não fica perto onde eles estão morando. Os dois que realizaram essa ressurreição são os que deram origem aos *napë*. Apesar de os dois ficarem lá longe em seguida, outros *napë* chegaram.

O que aconteceu? Se vocês forem pra lá, vocês não chegarão. Os dois foram até os *napë* de pele vermelha.

O rio abaixo fica dentro da terra. Como qualquer rio, a cabeceira da água nunca fica baixa, quando as fontes das águas se juntam, elas descem; assim as águas do dilúvio se juntaram e formaram o mar. O rio não desce plano, o rio acaba e entra na terra.

Os dois que fizeram a transformação moram lá, além dessa parte do mundo, rio abaixo, lá onde emboca a mãe do rio, onde entra um rio só. Eles são eternos.

Onde você pode ir? Não há aonde ir. Lá fica o rio, onde não há floresta, onde não há nada. Daquele lado vivem os dois, que fizeram a grande transformação.

Os *napë* se espalharam. Lá, eles se reproduziram, rio abaixo; não há mais ninguém onde ressuscitaram. Eles se dividiram rio abaixo. Foram morar em outros rios. Sim. Foi assim, nenhum dos que viviam antes sobreviveu.

Quando o rio levou os Yanomami, sobreviveram somente dois *xapono*. Os antepassados renasceram e se desenvolveram. Eles sobreviveram para sempre.

As montanhas altíssimas se chamavam Ũaũaiwë, Rapai e Wãima. Os sobreviventes conseguiram subir até o cume da serra Rapai, se agruparam como carapanãs, como moscas, e estavam tristes.

A serra Ũaũaiwë acabou afundando; restou somente o cume da montanha. O céu parecia se apoiar no cume das montanhas Rapai e Wãima. Não deu para o rio atingir o cume dessas montanhas.

# Yanomamɨ pë rë kuprarionowei

*Napë pë rë kuprarionowei*

ƗHɨ pata katehe ya wãha rë taprare a no pëxɨrɨ ha pata kɨ rë tokupɨre, huxuoripɨ, kɨpɨ ha karërɨnɨ, ĩhɨ u mau tahiawë u pata kuo parɨoma, mahu të u pata kuo parɨoma, Tanape u pata mahu kuo parɨoma, Tanape u ha a pehi rërërayo hërɨma. Ɨhɨ të ha kɨ rë tokupɨre, weti naha të tapɨpë mai! Weti naha kɨ kupɨapë? Kɨ rë rërëpɨɨ he tiherire, kama kɨpɨnɨ puhinɨ masiri a ĩtaa taprapë ha, u ĩsitoripɨ ka he rë karopɨpraɨwei, kɨ rërërayou kuhe, ɨnaha kɨ kupɨrayo hërɨma.

Ɨhɨ kɨ rë hupɨrihe, kɨpɨ huxuoripɨ kurayo hërɨma, oxe a no pë xɨrɨ ha, Horonamɨ a no pë xɨrɨ ha yai, katehe a kuoma yaro, kihamɨ kɨ rĩya ha tokupɨnɨ, napë no patama rë pëtamare hamɨ, ĩhamɨ kɨpɨ rĩya ha napëpɨpronɨ, kama parimi kɨpɨ rĩya ha kupɨpronɨ, kɨ kupɨrayoma. Ɨhɨ kɨpɨ rë hupɨre hamɨ, hei hekamapɨ e pëpɨtario hërɨma. Ɨhɨ rë a no kãi tapɨo kiriopë. Ɨhɨ rë hekamapɨnɨ Yanomamɨ të pë mixi rë tukenowei, të pë napë rurukema. Ei a wã amixiri ha. Hekamapɨ oxeoxe e pëpɨtarioma. Ɨhɨ exi të ihirupɨ kuoma? Hekamapɨ e yai rë pëpɨtarionowei, kɨpɨ mɨ amopɨprou tëhë, e të pehi kãi hõra pëpɨtarioma.

*To! To!* Ɨhɨ rë pehi kãi nihõraɨ waikio kuimati. *Hɨ tuuuuu!* E pehi kãi nihorapë kurati. Ɨhɨ kɨpɨ yaɨpɨ rë kuonowei, Manakayariyoma yaɨ e wãha kupɨoma. Manakayariyoma, ĩhɨ ihirupɨ yaɨ e wãha ha hiropɨni, hekamapɨ e pehi kãi itopɨa nokarayoma, amixiri. *Hɨɨɨɨ tëɨ!* Si he wai õkawai si ha, ĩhɨ kama si ha.

— *Ũa, ũa, ũa!* Xoape! Xoape! — e kuma.

E pehi kãi ma kei tutoranɨ rë. Mɨ amo si yai ha e të wai tirereranɨ:

— Amixi, amixi! — e kuma. — Xoape! Amixi! — e kuma.

A yupɨre hërɨma, a hurihipɨa nokare hërɨma.

Yanomamɨ të pë haikiamapë, ĩhɨ ei e amixiri xomi pëpɨtarioma. Yanomamɨ tënɨ a ha keprarɨnɨ, e hekamapɨ pëpɨtonomi.

Ɨhɨ Omawë yaɨpɨ wãha Manakayariyoma kuoma. E ha rarakɨhenɨ, pë hɨɨ e kuami makui, e pehi kãi paye kirioma. E amixiri wai hayure hërɨma. E ha rarakɨhenɨ mai! Ɨhɨ hekamapɨ e yaro, a yupɨre hërɨma. Ɨhɨ iha ĩhɨ Manakayariyoma ihirupɨ iha motu u he hapɨre kirioma, u ka pata rë kahuaɨwei ha, ĩnaha a tama. Hapa Yanomamɨ pë mixi rë tuamanowei, kama u xomi ukëpraɨ pëonomi.

Kama hekamapɨ a rë kui a nomarayou ha, mixiã wai makei ha, amixi pënɨ.

— *Ẽ , ẽ, ẽ!* — të mixiã wai ku hërɨɨ ha.

Të amipɨ wai prokea hërɨɨ ha, pë xɨɨnɨ a mɨa no yupoma, amixiri.

— Ipa ya të wai amixiri hesi wai keamaɨ mai kë të! Pë ã wa no hore nohi wëaɨ totihiopë! A mɨa no pou ha — e kuma, pata e mɨa kãi tiruroma.

E mamo kɨ si wai no mɨhou ha, pei e kahi u pë moxi yãxaamou yaro, pei kahi u moxi makui ha, hekamapɨ e të wai xomi karereoma, kahikɨ no preaamama. Pei naasi pë ha, kahiki no preaamama. Ihini u he rë ukëprara kiri hami, hekamapi e nomarayoma makui, ĩhi uni e harorayoma. E të mixiã wai maa totihikema makui, e harorayoma. Yakumi oxe ke e puhi yaitou he ha yatironi, pë oxeni e u napë pata yëa he yatikema. A huxuo yaro.

— Ipa ya të wai amixi no preaamai ta tawë, asi yai ĩĩi!

— e ha kuni, e u he ukëprai puhiopë yaro, e u napë pata yëa xoakema.

*Tuku, tuku, tuku*! E u pata rë tihekitaaiwei, e u pata kuma.

Masiri a koro hesika ki ha, u pata rë tihekitihekimaiwei, masiri kë a mori pata yutumai tëhë, maa ma pë pata hiakawë rë kurenaha kuwë, masiri e pata xatio kirioma, ĩnaha kuwë, a ukërema, wãisipi, pruka ukëprai haikionomi, ĩsitoripi e të pata yëpihitarema. Inaha të pata kaihihi tai kurayoma, ëyëmi, ei korokoro të mi hami mai! Inaha të pata hirurutai kurayoma.

U he ukëprai tëhë:

— *Tuuuuuuuuu*! — e u pata kurayoma.

Të u mohororopi pata xatia xoaketayoma. Kihami katiti. Kihi u pata rë hirekera kiri, kihi të pariki hami, kihami u ora pata kerayoma, u ora pata keye kirioma, u mohe pata hoteye kirioma, kihi të pariki pata maa xoarayo hërima. Mari hërini, inaha të kipi titi wai kupia kure, yëtu të u pata orayoma, të u pata ha orini, kamiyë pëma ki nohi patama napë pë no patama rë kui, pë rë kuprore, pë yãkapi kiriopë, pë pakakumama.

Hei kurenaha të pë rë kui të pë no rë preaanowei, motu uni të pë rë yurenowei, manaka pë rë kure naha, sipara kohiki, ĩhi sipara ki yai rë xororoi, hei kurenaha arana ki taprarema. Pë rë makepipraaiwei, hiakawë tehi pë uprahawë ĩhami napë pë urihipi pë rë hõrimanowei hami, ĩhɨ kɨ rë kupɨare ha, yëtu kihi naha kama pë pehi taprarema.

Ha taprarini, yëtu kihamɨ ai Yanomamɨ të pë rë yuatayouwei, të pë no preaama. Napë a urihi rë kure të pëixokɨ hamɨ, u pata wãkokoa, hei kurenaha ahetewë inaha u pata kua. Ɨhɨ të rë kure ha, ĩha pë hõrimama, ai u hamɨ mai, ĩhɨ u mahu ma rë kure. Napë a urihi ora a he te heha, pë yãkapɨ kirioma. Hëyëha pëixokɨ ha mai! Ɨha kɨpɨ rë rëpɨre ha, Yanomamɨ të pë waharo nomawë waropraama, mau u hamɨ.

Ɨhɨ exi të taprarema? Kama kɨpɨ napëpɨprou puhio yaro, no patapɨ pë napëpropë, ĩhɨ exi të tiëpɨprarema? Exi të kɨ tiëwanɨ të pë yãkapɨma? Kama pata e rë kui e puhi ha moyawëonɨ:

— Oxei! Taprakɨ! Ipa ai pë hayuo waikipe ë! — e kuma

— Pusi ipa ai pë ora hayuo rë waikipe ë! — pata e kuma.

Omaoma asita nakɨ kopepɨprarema. Yii wararawë kurenaha të kɨ tiëpɨprarema. Omaoma asita nakɨ ka ha, pë yakapɨma. Hei yuri wama pë hora rë yakaɨ rë xoaotiowei. Ɨhɨ wama të pë hõra rë taiwei naha, të kɨ pata ha tiëpɨprarini, të kɨ pata xëyëapɨɨ mɨ paoma, të kɨ pata pahërapɨɨ mɨ paoma. Pruka yuri kurenaha, të pë pehi kãi pata xaixaimapɨma.

Kuaaɨ tëhë, oxenɨ hei kanare kɨ pata ha pë xëyëpɨpraama, pë pahërapɨma, pata kaɨ wakë upraupramou tëhë, pë iximapɨma, yaro kurenaha.

*Xããããi!* Yanomamɨ të pë pata rë tapii, të pë tapɨ pata tamama, të pë wakë pata upraupramomapɨma. Kihinaha ĩhɨ oxenɨ ketipa, tukutuku hena kɨ pata pëararɨni. Hei ketipa hena kɨ pata rë kui, henakɨ pata prapɨparema, ĩhɨ henakɨ ha pë ĩxi hirapɨpraama; ainɨ pë yãkaɨ tëhë, pë yãkama.

Patani pë nokamai tëhë, ĩhi hekamapi e kãi rë kui pë xii a payerimama. Ĩha e kãi pataa haitarayoma.

Ĩha të pë pata makepiprai, të pë pata ĩxi pahërapima, pahërapima, ĩhi patani pë ma yãkarani makui, pë hõama, ĩxi. Pata trëmi kurenaha kuwë të patani pë ĩxi hõama.

*Xoe! Xoe! Xoe!* Të pë si pata tapimama. Tai tëhë, ĩhi ketipa e henaki pata rë praawei ha, tukutuku xĩro, henaki he pata rë tikëawei ha.

Hei pë rë hõare, hei a rë amohõroprarihe kiha a xëyëai. A ha hurëni, ĩhi a pehi kãi ha hurihirëni. *Tuuuuuuuu!* A hãsikano nomawë xëyëai kateheo maopë.

— *Aë, aë, aë, aë, aë, tãrai!* — e pë kutoma. – *Aë, aë, aë, pei kë oooo! Tãrai!*

Pë xerekapi temitemi pë kãi uprahatamama.

— Haikia, haikia, haikia! Tãrai, upra!

Wãiha napë pë pëtopë. Waiha ĩhi Yanomami të pë makui të pë ĩxi, napë pë pëtopë waiha, napë a rë kui kama pë rii no patapi pëtopë. Ĩhi hapa Yanomami të pë pata xĩro xirikou parioma.

Hei Yanomami Horonami hei të pë rë kui hei xereka rë a pata kãi xirikou pario kupohei. Inaha të pë kuaama.

— *Kia, Kia, Kia, ha, ha, haaaaaa!* — të pë pata kutoma — *Tãrai, ha asi ĩĩ!* — Të pë tapi, hei kurenaha, pë mi kãi yãpramoma, të pë kãi pauximoma. Të pë arapi xina kãi pata xirikamama.

— *Ha, ha, ha, ha!*

Pata e kuaprarou pëoma, pë rë hõrimaiwei. Ma rë kui! Suwë të pë rë kui, mokomoko suhe mo ki, të pë pata xirikoma no aiwë. Heinaha kuwë a mixi ma tukenowei makui, mokomoko a pëtarioma, yipimono tute. Ĩhi pë ĩxi rë kui, pë ha pëixokipitarini, pë ĩxi keamapima. Mamikai mai!

Hapa a rë kui, a rë ĩximaĩximamohe, yëkëri pë hupë. Ɨhɨ yëkëri rë pë kuprario kuhe. *Ĩxima kë! Ĩxima kë!* A rë kuhe, kamiyë pëma kɨ no ĩhɨpë iximi tikowë, hei pëma kɨ kuyëhëwë, wa rë ĩxiwei, ĩhɨ yëkëri wa kuprario.

— *Kooorooouuu! Kuxu, kuxu, kuxu!* — pë rë kutonowei. Hei tepaharimɨ pë rë kui, a wãno rë auwëpraruhe, a ĩxi rë keamare, tepaharimɨ a hurayou. Hawë yuri të kɨ pata kuo yaioma, kama kɨ kuoma. Hawë hẽkahẽka të kɨ pata kupro hërɨpë, pei të u pata maamaɨ totihioma. Ɨhɨ të pë yãhi kɨ rë kui pëma të pë totihiaɨ.

— Auyakari yai! — wa kuu makui, Yanomamɨ pë rë yuriprarionowei, pëma pë waɨ, ĩxi Yanomamɨ pëma të pë yãhi kɨ ĩxi waɨ. Yanomamɨ të pë yãhi kɨ ĩxi!

Kamiyë pëma kɨ yãhi kɨ rë kui, pëma kɨ yãhi kɨ napëprarioma. Kamiyë pëma kɨ yãhi kɨ rë kui, ĩhɨ hei kama pë yãhi kɨ napë. Yanomamɨ të pë rë hõrimanowei, kama napë pë kuprarioma.

Kamiyë pëma kɨ yãhi kɨ ĩxi, hõrimano napë pë kuprarioma. Ɨhɨ të mao pë ha, napë a përio mao pë ha kɨ kupɨa makure, ĩha napë pë yahipɨ pata kua xoaparioma. Ɨha rë të pë yahipɨ pata xɨrɨkou nokamoma, pehi kãi rërëarewë pë kãi kuonomi.

— Kakara ëëë! — të pë rë kuuwei, të ã kãi hirionomi makui, ĩhɨ hei rë të pë no porepɨ rë pëtore ha, të pë rë hãsɨkapɨre ha, të ã pata rë pëprou mɨ tarɨa xoare ha, a ãtiprarioma, kɨ kiripɨrarioma, kamanɨ të pë taɨ makure, napë ĩnaha pë kuonomi makui, suwë napëyoma të pë rẽaa ka pata kuparioma.

Të pë no pata aiwë xɨrɨkoma, të pë xerekapɨ ã pata no mɨhɨta parioma.

— Ma rë kui, ĩnaha oxei, ĩnaha ipa ya pë rĩya ha tapranɨ, ya pë yarëkëyoruu kuhe. Ei ma rë kui, pë ta mɨ! — pata a kuma, të pë hõriprarei yaro.

Ĩhɨ të pë hõrimapë hamɨ hekura Hõrimawëteri pë hiraa kure. Kama a hõriprarioma, ĩhɨ të pë hõrimapë ha, kama a no uhutipɨ rë napëprarionowei, kamanɨ pë taprarei yaro, ĩhamɨ a no uhutipɨ rë nikereprarionowei, a kua xoaa, a tapraimihe.

Ĩhɨ kamiyënɨ pëma kɨ rë hõrimanowei, hei kë ya! A kuɨ? A kuimi. Kama a kua xoaa, a temɨ xoaa, koyokoa xoaa. Kamiyënɨ hei pëma kɨ yai rë hõrimai totihiohe, hei kë ya! Pëma kɨ noã taimi.

Kɨ yai rë kupɨre, hei kama ĩhɨ të aheheha mai! Kama kɨpɨnɨ të pë rë hõrimanowei, ĩhɨ napë kamanɨ pë rë taprarenowei, yami kɨpɨ kupɨye kirioma makui, e pë rë warokenowei.

Ĩhɨ weti naha të kua kure? Ĩhamɨ wama kɨ huokema, wama kɨ hawëɨ xoaa. Napë Wakëweiteri pë iha, kɨpɨ warokema. Ĩhini napë kama e pë warokema.

Pei u koro pata titia. Hei u rë kui, kihi u koro hu hërɨpë hamɨ u koro he yarɨhiwë kua taomi, heinaha ĩhɨ u koro he kõkapropë ha, të u pata nihõroa.

Ĩhɨ të pata maxi hamɨ Yanomamɨ hõrimarewë kɨ kupɨye kirioma. Hei u rë kui, kama pë nɨɨ u koro keopë ha tahiawë u koro pata titipropë ha.

Weti hamɨ wa hu hërɨpë? Huimi. Hëyëmɨ u pata koro xĩro kuwë, ai a urihi kua rë mare hamɨ, yawëtëwë hamɨ. Ĩhɨ të maxi hamɨ Yanomamɨ hõrimarewë kɨ kupɨa.

Napë pë huo xoaokema. Ĩhɨ tëhë, ĩha të pë pata paraa xoarayoma, koro hamɨ pë huokema, pei pë hõrimapë ha, ai pë kuami. Koro hamɨ, kihami, pë tihetirarioma, ai u pë hamɨ pë huokema, pë kuprawë. Awei, ɨnaha të kuprarioma: hapa të pë rë kuonowei ai të hëpronomi.

Motu unɨ të pë rë yurenowei, tahiawë porakapɨ të pë yahipɨ wai hëprarioma. Hei të pë rë hëprarionowei, hei të pë no patama rë kui, të pë no patama raropë, pëtopë. Pë hëaai hëopë.

Hei pei kɨ he yai rë toreonowei, Ũaũaiwë kɨ wãha pata kuoma, hei Rapai kɨ, hei Wãima kɨ. Rapai kɨ hemono hamɨ kurenaha të pë ha tuikutunɨ, ĩnaha të pë hëprou kurayoma, ai të hëprou ma mare ha, hei kɨ xĩro rë tirepii hamɨ, kihamɨ kɨ ora pata hĩkɨhɨotayoma. Porakapɨ të pë wai hëprarioma. Hei naha të kɨ hesikakɨ wai rë kuprouwei hamɨ, hei kurenaha të wai ha, ukuxi kurenaha, moomoo kurenaha të pë wai ha kõkaprarutunɨ, të pë wai hëtarioma. Të pë puhi okii makure. Ɨha u pata hawërayotayoma.

Ɨhɨ Rapai kɨ pata hamɨ, hei Wãima kɨ pata hamɨ, Wãima pei ma kɨ wãha. Hehu tirewë totihiwë kɨ hëpɨprarioma. Kihamɨ, Rapai kɨ yai kua kure. Kihamɨ Wãima kɨ yai kuwë he torewë.

# O surgimento da primeira mulher

A GORA vem a história dos Unissexuais. O nome deles, os Unissexuais, vem do fato de a mulher não ter aparecido imediatamente. Eles se agruparam.

O surgimento dos nossos antepassados aconteceu a partir da perna de Japu. Ainda não havia surgido a mulher.

Depois do rapto da filha de Raharariwë, segue a história dos Unissexuais que moravam juntos, quando não havia mulheres.

Apesar de serem homens, eles faziam sexo entre eles. Apesar de terem pênis, eles faziam sexo entre eles. No meio da copulação deles, surgiu Japu.

Depois do surgimento de Japu, lá os ancestrais dos Waika, dos Xamatari, dos Parahiteri e dos Xirixianateri nasceram. Na parte carnuda abaixo do joelho da perna de Japu, apareceu uma vagina.

Nossos antepassados não nasceram da perna de Japu. O surgimento dos nossos ancestrais é outra história.

Nessa época, os antepassados dos Waika se reproduziram a partir da perna de Japu. Nossos antepassados e, consequentemente, nossas gerações já nasceram de mulher e não a partir da perna de Japu. Foram outros os antepassados dos Waika. Os antepassados dos Waika nasceram da vagina da filha de Japu. A história deles é diferente.[1]

1. O par *waika/ xamatari* parece ter sido usado originalmente para designar outros grupos yanomami vivendo em região geográfica

Japu apareceu e se misturou a eles. Aquele que ia ser o marido dele já morava no *xapono*. Depois de a vagina aparecer, foi ele quem falou com o marido para fazer sexo. A vagina apareceu, semelhante àquela das mulheres. Os Unissexuais se satisfizeram com a perna de Japu. Daí, nasceu a primeira mulher, o que possibilitou aos Unissexuais fazerem sexo. Foi graças à perna de Japu, portanto, que eles se satisfizeram.

Nossos primeiros ancestrais são oriundos da perna de Japu. Primeiro, nasceu uma mulher, depois nasceu outra. Assim se fez. Depois, outra. Assim. Fizeram outra. Depois de nascer a primeira mulher, a partir da qual nasceram as outras, surgiram os parentes de nossos antepassados.

— *Prohu!* — logo disse o homem que nasceu primeiro.

Chamaremos o primeiro homem que nasceu assim de nosso antepassado. Eles se multiplicaram a partir da mulher que nasceu da perna de Japu, a partir da filha mais velha de Japu. Continuaram a se multiplicar. Nasceram cinco mulheres. Nasceram assim.

Depois de elas nascerem, a vagina sumiu da perna de Japu, porque ela já havia feito as mulheres. Já estavam se reproduzindo. Nós os chamamos de nossos parentes. Nossos antepassados se reproduziram, continuaram a se reproduzir.

Se não fosse a perna de Japu, nossos parentes não existiriam. Aqueles com os quais nos misturamos e fazemos

---

diversa de quem fala, os primeiros ao norte e oeste, e os segundos ao sul, reconhecendo-se neles conjuntos de características que os particularizam. Os termos foram atribuídos em diferentes momentos pelos brancos para designar grupos específicos de forma estável e, no caso de *xamatari*, para designar a própria língua do tronco yanomami usada pelos Parahiteri que fizeram este livro.

amizade são nossos parentes, nossos verdadeiros parentes. Foi o que aconteceu.

Depois de nascerem, eles ocuparam toda a floresta. Não são outros que nos fizeram! Não foi Omawë que nos criou! Omawë mora em cima, apesar de ter morado primeiramente nesta floresta. Ele fugiu da condição de Yanomami. Ele voou, ele foi morar lá em cima, assim eram os dois irmãos no início. Foi assim mesmo.

Nossos ancestrais saíram da perna de Japu; ele não morou mais ali, foi a um lugar diferente. Japu se chamará Napërari, quando se tornar espírito. Seu marido também.

Apesar de ter um pênis igual a nosso, ele fazia sexo com outro homem, apesar de ter o pênis amarrado, ele engravidou a perna de Japu, gerando as mulheres, na perna dele mesmo. A vagina na perna menstruava, e ficava sentada no chão no tempo da menstruação, ensinando a sentar no chão em período menstrual. Fez aparecer a barriga na perna.

Depois de nascer, a mulher chorou, o pai se levantou rapidamente, ele a pegou logo, cortou o cordão umbilical e ela cresceu rapidamente. Naquele momento, Japu se tornou homem novamente. Foi assim. Essa história acabou.

# Suwë a kuprou rë hapamonowei

Hɨ të rë kui hamɨ, ai të ã kuprou piyërayoma. Posinawayorewëteri pë rii rë kure. Kama Posinawayorewë teri pë wãha rii kuoma, suwë a kuo haɨonomi yaro. Kama Posinawayowëteri pë rii rë hiraonowei.

Xĩapo mata hamɨ. Suwë a kuonomi.

Ɨhɨ Raharariwë tëëpɨ ha yëpɨrënɨ, ĩhɨ të nosi weti hamɨ, Posinawayorewë teri pë hiraoma, suwë a kuami yaro.

Hei kurenaha, wãro makui të pë posi na wayoma. Të pë moroxi kuprawë makui, të pë posi na wayoma. Kuopë ha, Xĩapo wama a wãha rë hiripouwei, a pëtarioma.

A ha pëtarunɨ, kihamɨ hei Waika, Xamatari ai pë, Parahiri pë, Xirixiana teri pë, pë no patama rii rë keowei, Xĩapo mata hamɨ, të nakahikɨ kukema, pei mata xĩapɨ hamɨ.

Xĩapo mata hamɨ, kamiyë pëma kɨ no patama wawëɨ taonomi.

Ai Waika pë rë kui ĩhamɨ pë no patama rii rarorayoma, ĩhɨ Xĩapo mata hamɨ. Kamiyë pëma kɨ rë kui, Xĩapo mata hamɨ kamiyë pëma kɨ no patama wawëɨ taonomi. Ai, Waika pë rë kui, ĩhamɨ pë no patama rii harayoma, ĩhɨ Xĩapo mata hamɨ. Ɨhɨ Xĩapo mata no tëëpɨ naka hamɨ Waika pë no patama rii rë wawërayonowei, ĩhɨ kama e të ã rii yaiwehe. Kama të ã.

Ɨhɨ a ha pëtarunɨ, Xĩaporitawë wãro a nikereoma. Hẽa-
ropɨnɨ të pë kãi përɨoma. Ɨhɨ iha e ã hama, e nakahikɨ ha
kuikunɨ, suwë kurenaha, nakahi kɨ kukema.

A ha kopeprarinɨ, ĩhɨnɨ Posinawayorewëteri pë mɨ
takema, Xĩaponɨ, Xĩapo mata hamɨ, pë kuwëmomama,
Xĩaponɨ pë mɨ takema.

Ɨhɨ mata hamɨ pëma kɨ no patama kupropë, a kepra-
rema, suwë hapa. Ɨhɨ a rë kuprore hamɨ, suwë, ĩhɨ të nosi
yau hamɨ ai suwë. Ɨnaha a tama. Ɨhɨ të hamɨ ai a suwë.
Ɨnaha. Ai a rë taɨ kõrahei, ai suwë. Ɨnaha pë keprai ku-
rayoma, suwë. Ɨhɨ ei pë rë kui hamɨ, hapa a rë patare hamɨ,
kamiyë pëma kɨ no patama maxi kupropë, a wawërayoma.

— *Prohu*! — a kuɨ haɨtaoma, wãro, hapa a rii kukema.

Të rë kuprore hamɨ, kamiyë pëma kɨ nohi patama,
pëma kɨ kupë. Hapa wãro a keprarioma. Xĩapo mata
hamɨ a suwë rë keprore, hapa a rë taare hamɨ, naka hamɨ,
pë raro hërima. Ɨhamɨ pë rarou xoao hërima.

Ɨnaha pë keprou ha kuronɨ, suwë, pei pë rë keprare
hamɨ, ai, ai, ai, ai, ai, pëma kui. Ɨnaha pë keprai kurayoma.
Pë rë kuprore hamɨ, kama mata nakahikɨ rë kui mapra-
rioma. Suwë pë taa waikikema yaro. Pë paraɨ waikitao
hërima. Ɨhɨ kamiyë pëma kɨ maxi, pëma kɨ kuɨ. Pëma kɨ
no patama pararayoma, para hërima, paraa xoarayoma.

Ɨhɨ Xĩapo mata hamɨ a mao ha kunoha, pëma kɨ maxi
përɨhiwëmi. Ɨhɨ ai pëma kɨ nohimayou rë nikerei, ĩhɨ
pëma kɨ maxi. Ɨhɨ pëma kɨ yai maxi. Ɨnaha të kuprarioma.

Kuprarunɨ, urihi kutarenaha, pë përɨai kuprario
hërima. Ai tënɨ pëma kɨ ha taprarënɨ mai! Omawënɨ
pëma kɨ ha pëtamarɨnɨ mai! Omawë kama a rë kui heaka
hamɨ a kuwë yaro, hëyëha a përɨoma makui, hei a urihi ha
a përɨoma makui Yanomamɨ a tokurayoma. A yërayoma.
A heakaprarioma. Ɨnaha kɨ kupɨoma. Ɨnaha të yai kuwë.

Xĩapo mata hami pëma ki rë hare, nohi patama, kamiyë pëma ki. Ihi pëma ki rë keprarenowei, Xĩapo mata hami pëma ki no patama rë rarorayonowei hami, ĩha a kãi përio taonomi. Yai hami a rii kurayoma. Kama Napërari a wãha hekura kuopë. Hẽaropi xo.

Kamiyë pëma ki mo kuo rë kure naha a kuwëmou, mo hãhoa makure, pë taprarema, ĩhi mata yai hami, mata ha xipënarini, mata na kãi ĩyëama, maito rooma, të pë hirai ha, makasi ki kãi wawërayoma.

A ha keprarini, suwë a ũaũamoma, pë hii e itoprarioma, a hurihia nokarema, xi kãi haniprarema, rope e kãi patarayoma. Ihi tëhë a wãroprou kõrayoma. Inaha të kuprarioma. Ihi të ã rë kui, të ã maprarioma.

# COLEÇÃO «HEDRA EDIÇÕES»

1. *A metamorfose*, Kafka
2. *O príncipe*, Maquiavel
3. *Jazz rural*, Mário de Andrade
4. *O chamado de Cthulhu*, H. P. Lovecraft
5. *Ludwig Feuerbach e o fim da filosofia clássica alemã*, Friederich Engels
6. *Hino a Afrodite e outros poemas*, Safo de Lesbos
7. *Præterita*, John Ruskin
8. *Manifesto comunista*, Marx e Engels
9. *Rashômon e outros contos*, Akutagawa
10. *Memórias do subsolo*, Dostoiévski
11. *Teogonia*, Hesíodo
12. *Trabalhos e dias*, Hesíodo
13. *O contador de histórias e outros textos*, Walter Benjamin
14. *Diário parisiense e outros escritos*, Walter Benjamin
15. *Don Juan*, Molière
16. *Contos indianos*, Mallarmé
17. *Triunfos*, Petrarca
18. *O retrato de Dorian Gray*, Wilde
19. *A história trágica do Doutor Fausto*, Marlowe
20. *Os sofrimentos do jovem Werther*, Goethe
21. *Dos novos sistemas na arte*, Maliévitch
22. *Metamorfoses*, Ovídio
23. *Micromegas e outros contos*, Voltaire
24. *O sobrinho de Rameau*, Diderot
25. *Carta sobre a tolerância*, Locke
26. *Discursos ímpios*, Sade
27. *Dao De Jing*, Lao Zi
28. *O fim do ciúme e outros contos*, Proust
29. *Pequenos poemas em prosa*, Baudelaire
30. *Fé e saber*, Hegel
31. *Joana d'Arc*, Michelet
32. *Livro dos mandamentos: 248 preceitos positivos*, Maimônides
33. *Eu acuso!*, Zola | *O processo do capitão Dreyfus*, Rui Barbosa
34. *Apologia de Galileu*, Campanella
35. *Sobre verdade e mentira*, Nietzsche
36. *Poemas*, Byron
37. *Sonetos*, Shakespeare
38. *A vida é sonho*, Calderón
39. *Sagas*, Strindberg
40. *O mundo ou tratado da luz*, Descartes
41. *Fábula de Polifemo e Galateia e outros poemas*, Góngora
42. *A vênus das peles*, Sacher-Masoch
43. *Escritos sobre arte*, Baudelaire
44. *Cântico dos cânticos*, [Salomão]
45. *Americanismo e fordismo*, Gramsci
46. *Balada dos enforcados e outros poemas*, Villon
47. *Sátiras, fábulas, aforismos e profecias*, Da Vinci
48. *O cego e outros contos*, D.H. Lawrence
49. *Imitação de Cristo*, Tomás de Kempis
50. *O casamento do Céu e do Inferno*, Blake
51. *Flossie, a Vênus de quinze anos*, [Swinburne]
52. *Teleny, ou o reverso da medalha*, [Wilde et al.]
53. *A filosofia na era trágica dos gregos*, Nietzsche
54. *No coração das trevas*, Conrad

55. *Viagem sentimental*, Sterne
56. *Arcana Cœlestia* e *Apocalipsis revelata*, Swedenborg
57. *Saga dos Volsungos*, Anônimo do séc. XIII
58. *Um anarquista e outros contos*, Conrad
59. *A monadologia e outros textos*, Leibniz
60. *Cultura estética e liberdade*, Schiller
61. *Poesia basca: das origens à Guerra Civil*
62. *Poesia catalã: das origens à Guerra Civil*
63. *Poesia espanhola: das origens à Guerra Civil*
64. *Poesia galega: das origens à Guerra Civil*
65. *O pequeno Zacarias, chamado Cinábrio*, E.T.A. Hoffmann
66. *Um gato indiscreto e outros contos*, Saki
67. *Viagem em volta do meu quarto*, Xavier de Maistre
68. *Hawthorne e seus musgos*, Melville
69. *Ode ao Vento Oeste e outros poemas*, Shelley
70. *Feitiço de amor e outros contos*, Ludwig Tieck
71. *O corno de si próprio e outros contos*, Sade
72. *Investigação sobre o entendimento humano*, Hume
73. *Sobre os sonhos e outros diálogos*, Borges | Osvaldo Ferrari
74. *Sobre a filosofia e outros diálogos*, Borges | Osvaldo Ferrari
75. *Sobre a amizade e outros diálogos*, Borges | Osvaldo Ferrari
76. *A voz dos botequins e outros poemas*, Verlaine
77. *Gente de Hemsö*, Strindberg
78. *Senhorita Júlia e outras peças*, Strindberg
79. *Correspondência*, Goethe | Schiller
80. *Poemas da cabana montanhesa*, Saigyō
81. *Autobiografia de uma pulga*, [Stanislas de Rhodes]
82. *A volta do parafuso*, Henry James
83. *Ode sobre a melancolia e outros poemas*, Keats
84. *Carmilla — A vampira de Karnstein*, Sheridan Le Fanu
85. *Pensamento político de Maquiavel*, Fichte
86. *Inferno*, Strindberg
87. *Contos clássicos de vampiro*, Byron, Stoker e outros
88. *O primeiro Hamlet*, Shakespeare
89. *Noites egípcias e outros contos*, Púchkin
90. *Jerusalém*, Blake
91. *As bacantes*, Eurípides
92. *Emília Galotti*, Lessing
93. *Viagem aos Estados Unidos*, Tocqueville
94. *Émile e Sophie ou os solitários*, Rousseau
95. *A fábrica de robôs*, Karel Tchápek
96. *Sobre a filosofia e seu método — Parerga e paralipomena (v. II, t. I)*, Schopenhauer
97. *O novo Epicuro: as delícias do sexo*, Edward Sellon
98. *Sobre a liberdade*, Mill
99. *A velha Izerguil e outros contos*, Górki
100. *Pequeno-burgueses*, Górki
101. *Primeiro livro dos Amores*, Ovídio
102. *Educação e sociologia*, Durkheim
103. *A nostálgica e outros contos*, Papadiamántis
104. *Lisístrata*, Aristófanes
105. *A cruzada das crianças/ Vidas imaginárias*, Marcel Schwob
106. *O livro de Monelle*, Marcel Schwob
107. *A última folha e outros contos*, O. Henry
108. *Romanceiro cigano*, Lorca
109. *Sobre o riso e a loucura*, [Hipócrates]
110. *Ernestine ou o nascimento do amor*, Stendhal
111. *Odisseia*, Homero

112. *O estranho caso do Dr. Jekyll e Mr. Hyde*, Stevenson
113. *Sobre a ética — Parerga e paralipomena (v. II, t. II)*, Schopenhauer
114. *Contos de amor, de loucura e de morte*, Horacio Quiroga
115. *A arte da guerra*, Maquiavel
116. *Elogio da loucura*, Erasmo de Rotterdam
117. *Oliver Twist*, Charles Dickens
118. *O ladrão honesto e outros contos*, Dostoiévski
119. *Sobre a utilidade e a desvantagem da história para a vida*, Nietzsche
120. *Édipo Rei*, Sófocles
121. *Fedro*, Platão
122. *A conjuração de Catilina*, Salústio
123. *Escritos sobre literatura*, Sigmund Freud
124. *O destino do erudito*, Fichte
125. *Diários de Adão e Eva*, Mark Twain
126. *Diário de um escritor (1873)*, Dostoiévski
127. *Perversão: a forma erótica do ódio*, Stoller
128. *Explosao: romance da etnologia*, Hubert Fichte

# COLEÇÃO «METABIBLIOTECA»

1. *O desertor*, Silva Alvarenga
2. *Tratado descritivo do Brasil em 1587*, Gabriel Soares de Sousa
3. *Teatro de êxtase*, Pessoa
4. *Oração aos moços*, Rui Barbosa
5. *A pele do lobo e outras peças*, Artur Azevedo
6. *Tratados da terra e gente do Brasil*, Fernão Cardim
7. *O Ateneu*, Raul Pompeia
8. *História da província Santa Cruz*, Gandavo
9. *Cartas a favor da escravidão*, Alencar
10. *Pai contra mãe e outros contos*, Machado de Assis
11. *Democracia*, Luiz Gama
12. *Liberdade*, Luiz Gama
13. *A escrava*, Maria Firmina dos Reis
14. *Contos e novelas*, Júlia Lopes de Almeida
15. *Iracema*, Alencar
16. *Auto da barca do Inferno*, Gil Vicente
17. *Poemas completos de Alberto Caeiro*, Pessoa
18. *A cidade e as serras*, Eça
19. *Mensagem*, Pessoa
20. *Utopia Brasil*, Darcy Ribeiro
21. *Bom Crioulo*, Adolfo Caminha
22. *Índice das coisas mais notáveis*, Vieira
23. *A carteira de meu tio*, Macedo
24. *Elixir do pajé — poemas de humor, sátira e escatologia*, Bernardo Guimarães
25. *Eu*, Augusto dos Anjos
26. *Farsa de Inês Pereira*, Gil Vicente
27. *O cortiço*, Aluísio Azevedo
28. *O que eu vi, o que nós veremos*, Santos-Dumont
29. *Poesia Vaginal*, Glauco Mattoso

# COLEÇÃO «QUE HORAS SÃO?»

1. *Lulismo, carisma pop e cultura anticrítica*, Tales Ab'Sáber

2. *Crédito à morte*, Anselm Jappe
3. *Universidade, cidade e cidadania*, Franklin Leopoldo e Silva
4. *O quarto poder: uma outra história*, Paulo Henrique Amorim
5. *Dilma Rousseff e o ódio político*, Tales Ab'Sáber
6. *Descobrindo o Islã no Brasil*, Karla Lima
7. *Michel Temer e o fascismo comum*, Tales Ab'Sáber
8. *Lugar de negro, lugar de branco?*, Douglas Rodrigues Barros
9. *Machismo, racismo, capitalismo identitário*, Pablo Polese
10. *A linguagem fascista*, Carlos Piovezani & Emilio Gentile
11. *A sociedade de controle*, J. Souza; R. Avelino; S. Amadeu (orgs.)
12. *Ativismo digital hoje*, R. Segurado; C. Penteado; S. Amadeu (orgs.)
13. *Desinformação e democracia*, Rosemary Segurado
14. *Labirintos do fascismo, vol. 1*, João Bernardo
15. *Labirintos do fascismo, vol. 2*, João Bernardo
16. *Labirintos do fascismo, vol. 3*, João Bernardo
17. *Labirintos do fascismo, vol. 4*, João Bernardo
18. *Labirintos do fascismo, vol. 5*, João Bernardo
19. *Labirintos do fascismo, vol. 6*, João Bernardo

# COLEÇÃO «MUNDO INDÍGENA»

1. *A árvore dos cantos*, Pajés Parahiteri
2. *O surgimento dos pássaros*, Pajés Parahiteri
3. *O surgimento da noite*, Pajés Parahiteri
4. *Os comedores de terra*, Pajés Parahiteri
5. *A terra uma só*, Timóteo Verá Tupã Popyguá
6. *Os cantos do homem-sombra*, Mário Pies & Ponciano Socot
7. *A mulher que virou tatu*, Eliane Camargo
8. *Crônicas de caça e criação*, Uirá Garcia
9. *Círculos de coca e fumaça*, Danilo Paiva Ramos
10. *Nas redes guarani*, Valéria Macedo & Dominique Tilkin Gallois
11. *Os Aruaques*, Max Schmidt
12. *Cantos dos animais primordiais*, Ava Ñomoandyja Atanásio Teixeira
13. *Não havia mais homens*, Luciana Storto

# COLEÇÃO «NARRATIVAS DA ESCRAVIDÃO»

1. *Incidentes da vida de uma escrava*, Harriet Jacobs
2. *Nascidos na escravidão: depoimentos norte-americanos*, WPA
3. *Narrativa de William W. Brown, escravo fugitivo*, William Wells Brown

# COLEÇÃO «ANARC»

1. *Sobre anarquismo, sexo e casamento*, Emma Goldman
2. *O indivíduo, a sociedade e o Estado, e outros ensaios*, Emma Goldman
3. *O princípio anarquista e outros ensaios*, Kropotkin
4. *Os sovietes traídos pelos bolcheviques*, Rocker
5. *Escritos revolucionários*, Malatesta
6. *O princípio do Estado e outros ensaios*, Bakunin
7. *História da anarquia (vol. 1)*, Max Nettlau
8. *História da anarquia (vol. 2)*, Max Nettlau

9. *Entre camponeses*, Malatesta
10. *Revolução e liberdade: cartas de 1845 a 1875*, Bakunin
11. *Anarquia pela educação*, Élisée Reclus

Adverte-se aos curiosos que se imprimiu este livro na
gráfica Meta Brasil, na data de 5 de maio de 2022, em papel
pólen soft, composto em tipologia Minion Pro e Formular,
com diversos sofwares livres, dentre eles LuaLATEXe git.
(v. cda3130)